JN022610

Illust. 新井テル子

この想いを、愛と呼んでもいいのなら……、
ずっと、あなたを愛していました、殿下

縁談が来ない王妹は、狂犬騎士との結婚を命じられる

五月ゆき
Illust. 新井テル子

CONTENTS

The royal sister, who receives
no marriage proposal,
is ordered to
marry a berserker.

縁談が来ない王妹は、
狂犬騎士との結婚を命じられる

第1章

「ですからね、殿下。こうやって、眼《め》を抉《えぐ》るんですよ」

バーナードが、自分の親指で「こうです、こう」と実演してみせてくれる。

わたしは、頬が引きつってしまわないように努力しながら、かろうじて笑顔を保《たも》っていた。

――どうしてこんな殺伐とした話になってしまったのかしら、と胸の内で呟《つぶや》きながらも。


秋晴れという言葉がぴったりな、爽やかな空模様だ。

わたしのいるこの執務室も、窓から差し込む陽射《ひざ》しのお陰で暖かい。

わたしはアメリア。このディセンティ王国の国王陛下の妹であり、陛下の補佐官だ。

王宮にはわたしの執務室があり、隣室ではわたしの補佐官たちが働いている。

もっとも、わたしがこの執務室にいる時間は、そう長くない。一日の大半は、会議や会談に費やされるからだ。

わたしは今日も、朝から忙しかった。王補佐として、王宮内を足早に移動しては、いくつもの会議へ顔を出した。官吏たちの意見に耳を傾け、口を出すべきところは口を出し、沈黙を守るべきところは守った。謁見を願い出ていた地方領主たちの話も聞き、わたしが判断できる部分に関しては決断を下し、陛下に伺うべき案件に関しては預かりとした。

王妹であり、王の補佐官を務めるわたしの職務は、主《おも》に、話を聞いては裁断を下すことの繰り返しだ。

一通りスケジュールが片付くと、今度は机に積まれた、サイン待ちの書類がわたしを待っている。

今日の書類の山を半分片付けた頃には、午後の陽射しもいささか傾きかけていた。

身体《からだ》をほぐすように軽く伸びをすると、わたし付きの侍女が、まるで見計らったかのように、ティーセットを運んできた。室内に待機しているわけではないのに、長年の付き合いだからか、侍女のサーシャは、いつもタイミングが完璧だ。

少し休憩なさいませんか、という彼女の言葉に頷《うなず》き、執務用の椅子からソファへ移った。

それから、室内にいる護衛の騎士たちに、軽く世間話を振ったのだと思う。

王妹であるわたしには、わたし付きの近衛隊《このえたい》がいる。

今日、わたしの護衛騎士を務めているのは、近衛隊隊長であるバーナードと、新人のサイモンだった。バーナードは王室近衛隊全体で最強――否、王国で最強――もしかしたら、大陸で最強かもしれない人だ。

そのためだろうか、彼は新人と組んで護衛任務につくことが多い。まだ不慣れな新人騎士がミスをしても、彼なら対処できるという考えだろう、おそらくは。

以前、わたしが「バーナードなら新人のフォローができますものね」といったら、彼の部下たちが顔を引きつらせて「いえ……、ミスをした部下なんて、隊長は平気で見捨てますが……。ですが、ご安心ください。新入り一人分の戦力がなくなろうとも、隊長ならば殿下をお守りするのに支障はありません。隊長もそれを見越しての配置でしょう」といわれたこともあったけれど。

とにかく、わたしは、新人のサイモンが早く職場に馴染《なじ》めるようにと思って、「今日はいい天気ね」などの世間話を振ったのだ。そのはずだった。

けれど、気づけば、いつの間にか、護身術の話になっていた。

「こんなにも天気がいいと、城を抜け出して、遊びに行きたくなってしまいます」と続けたのがまずかったのかもしれない。十分に冗談めかした口調だったのに、バーナードときたら、不審者が近寄って来たときの対策について話しだしてしまった。

「相手の眼を抉るんです。こうやって、指を突き出してね。簡単でしょう？　これなら非力な殿下でも、楽に実行できますよ」

「……バーナード、それは少し、わたしには難しいようです」

「指を突き出すだけですよ？　あぁ、爪が汚れてしまうのが気になります？」

わたしは思わず額を押さえた。爪。どうしてこの話の流れで爪の汚れ。もっと気にするべきことがほかにあると思う。

バーナードは素晴らしい騎士なのに『間違えて人間に生まれてしまった男』だとか『人の皮を被《かぶ》った呪いの魔剣』だとか『狂戦士《バーサーカー》より人の心がない狂犬』だとかいわれてしまうのは、この言動ゆえだ。

加えていうと、先ほどから、サイモンが明らかに怯《おび》えた顔をしてバーナードを見ている。早く職場に馴染んでもらいたいと思ったのに、これではまた早々に辞められてしまいそうだ。わたし付きの近衛隊は、いつも最少人数で頑張ってくれている。

もっとも、彼らにいわせると「まぁ、俺たち全員でかかっても隊長に秒で全滅させられますし……。戦力面でいうなら、隊長一人いるだけで王立騎士団以上ですし……。下手な奴《やつ》が入ってきても、殿下の護衛の邪魔になったら、隊長が殺しかねないので、無理な増員は望みません……」とのことだった。いつも苦労をかけて申し訳ないと思っている。

わたしは、扉の前に立つバーナードを見上げていった。

「身を守る術《すべ》を教えてくれるなら、わたしに剣を学ばせてくれてもいいんじゃなくて？」

「殿下の仕事はいつから戦いになったんです？　いつもいっているでしょう。剣を抜けるほどの間合いがあるなら、あなたが第一にすべきことは、逃げることです。俺が駆けつけるまで、全力で逃げてください。ほかは何も考えなくて結構です。素人《しろうと》が下手な応戦などしなくてよろしい」

「目潰《つぶ》しは応戦に入らないのですか？」

「これは相手が至近距離にいる場合のやり方ですよ。無理やり迫られたりだとか、そういうときに使ってください」

なるほど、と、わたしは胸の内でひとりごちる。

単に不審者対策の話をされているのではなく、バーナードもまた、最近の王宮の噂《うわさ》を耳にしていたらしい。

お兄様――陛下が、わたしの結婚を考えているという話を。

お兄様がこのディセンティ王国の王位について、およそ二年が経《た》った。国内は安定してきたといってよく、わたしにもお兄様にも、結婚話が持ち上がっておかしくない頃合いだ。

そして、お兄様が結婚するためには、まず、わたしが結婚しなくてはいけない。我が国の事情として、そうなのだ。

ただ、わたしの結婚相手を見つけるのは、非常に難しい。現在、舞い込んできている縁談は――あえて確かめたことはないけれど――おそらく零件《ゼロ》だろう。一国の王の妹でありながら、二年前のあの一件以降、わたしは、国内外すべての花嫁候補リストから外れたといってもいい。

まあ、わたしは、今の生活に満足しているから、縁談がないことは構わない。

ただ、わたしが結婚しないと、お兄様が結婚できないという事情は厄介だった。

お兄様は、何とかするから案じなくて良いとおっしゃっていたけれど、本当にどうにかできたのだろうか。

わたしがわずかに考えこんでいると、わたしたちの話を聞いていたサイモンが、恐る恐るといった様子で口を開いた。

「でも、隊長……。殿下の傍《そば》近くに来ることができる方は限られていますし、高貴な方々に対して、その、眼を抉るなんてやったら、大問題になりますから、冗談でもあまりそういう話はしないほうが……」

「問題にならなければいいんだろう」

えっ、どうやって？　といいたそうに、サイモンがバーナードを見る。

わたしもまた、怪訝《けげん》な顔で彼を見上げた。

近衛隊最強の騎士は、あっさりとした口調でいった。

「死体が見つからなければ発覚しない」

沈黙が落ちた。

サイモンの顔から、みるみるうちに血の気が引いていく。

わたしは、どこから訂正したものかと額を押さえながらも、かろうじて言葉を選んだ。

「……バーナード、わたしが思うに、眼を潰しても人は死にませんよ」

「えっ、そこですか⁉ 気にするところはそこなんですか、殿下⁉」

「もちろん、その程度じゃ即死はしません。だから俺が首を落としますよ。まさか、あなたにやらせるとでも思ったんですか？ そんな真似《まね》、俺がするはずがないでしょう」

バーナードが、心外だといわんばかりの顔をする。わたしは、曖昧に頷いていった。

「ええ、そう、そうね……。でも、バーナード。……失踪も問題になります」

「もっと大事な問題がありませんか⁉ もっと根本的な‼」

「さっきからうるさいぞ、サイモン。殿下の前で騒ぐな。まぁ、多少は問題になるでしょうが、死体が出なければそれまでですよ。家出をした可能性もあるし、何なら身分違いの恋人と駆け落ちした可能性もある。そうでしょう？」

にこやかにバーナードがいう。

わたしが、なんと言葉を返そうか迷ったときだ。

補佐官が、わずかに困惑を覗《のぞ》かせた面持ちでやってきて、陛下付きの侍従の来訪を告げた。

「陛下がお呼びとのことです」と伝えられて、わたしは、とうとう縁談が決まったのだろうかと、頭の片隅で考えた。

◇

お兄様の執務室は、床から天井まで届くほどの大きなガラス窓が、いくつもはめ込まれている。陽射しがたっぷり入るようにと設計されているのだ。また、壁には、ディセンティ王国の国旗であり、王家の家紋でもある、白百合と二本の剣が描かれた、重厚なタペストリーが飾られている。

暖かな室内へ入ると、ソファを勧められた。

わたしが腰を下ろすと、お兄様もまた、ローテーブルを挟んで向かいに座る。

「皆、席を外してくれ。妹と二人きりで話がしたい」

王の言葉に、室内にいた補佐官や、護衛の騎士たちが、一礼して退出していく。

しかし、動かない人影もあった。

一呼吸おいてから、わたしは、出て行くそぶりもなく立っている、わたしの右隣を見上げた。

お兄様もまた、非常に嫌そうな顔をして、そちらを見つめていた。

「バーナード、あなたも外で待っていてくれる?」

疑問形ではあるけれど、命令だ。彼にだってそれはわかっているはずだ。

けれど、バーナードは、眉根を寄せていった。

「俺がお傍を離れたら、誰が殿下を守るんです」

「ここに不審な者はいないでしょう?」

「殿下の兄君がいます」

お兄様のこめかみに、青筋が浮かんだ。

「わたしのお兄様よ。この上なく信頼できる方です」

「俺は信用できません」

あっさりといわないでほしい。お兄様のこめかみの血管が切れそうだ。

わたしは太ももの上で手を組むと、眼差《まなざ》しに力を込めて、長身の騎士を見上げた。

「剣を抜けるほどの間合いがあるわ、バーナード」

「……ええ」

「何かあれば、あなたに教わった通りに逃げて、あなたを呼びます」

「……かしこまりました、殿下」

バーナードが、渋々といった様子で退出していく。

部屋の扉が閉まる音を聞き終えてから、お兄様が、たまらずといった様子で叫んだ。

「何かがあってたまるか！　私はお前の兄だぞ、アメリア！」

「ええ、本当にごめんなさい、お兄様」

「お前が謝ることじゃない……っ。ただ、あの男を見ていると、いつか私に限界が来そうでな……。

怒りのあまり、剣を抜いてしまうかもしれない」

「お願いですから、それはやめてくださいな」

「ああ……。私が剣を抜いたら、バーナードは躊躇《ちゅうちょ》なく、私の首を刎《は》ねるだろうからな」

お前を簒奪者《さんだつしゃ》にするつもりはないと、お兄様が疲れた様子でいう。

「あの狂戦士《バーサーカー》め……。お前の安全以外は、何一つ気にしないときている。奴に爵位を与えて、近衛隊の隊長職につかせたときには、これで少しは成長が見られるかと期待したが……、ふっ、私もまだまだ、考えの甘い若造だったようだな……」

「お兄様は十分頑張っていらっしゃいます。それにバーナードは、お兄様より年下ですよ」

「あれは本人の自己申告だろうが！『覚えていないので、殿下と同じ歳《とし》でいいです』などといい放った男だろう？信じるな。あれは本心から、自分の歳も経歴もどうでもいい男だ。人間の皮を被った呪いの魔剣だ」

わたしは、こほんと咳払《せきばら》いをした。

「お兄様。バーナードは、確かに、王宮ではそぐわない態度を取ることもありますが」

「あるというか、それしかないだろう」

「ですが、彼はわたしたちの恩人です。そうでしょう？」

若き国王陛下の薄青色の瞳を、じっと見つめる。

お兄様は、深いため息をつきながらも、仕方なさそうに頷いた。

「そうだな。ああ、わかっている。わかっているからこそ、私もこの縁談を決めたんだ」

縁談。

わたしは、軽く瞬《まばた》いた。やはり、わたしの縁談が決まったのだろうか。

思わず、問いかけるようにお兄様を見つめる。

すると、お兄様は、妙にきまりの悪そうな顔をしていった。

「アメリア。先に伝えておこう。私の縁談は内定している」

「お相手は、やはり……？」

「ああ、お前が思っている通りだ。だからこそ、お前の縁談を先に公にしなくてはならない」

どうして、わたしが先に結婚しないといけないなんていう、厄介な事態になってしまったかというと、それはもとを辿《たど》れば、先代の国王、わたしとお兄様の父親に行きつくのだろう。

わたしたちの父親は、悪い人ではなかったのだと思う。

だけど、王には向かない人だった。気弱な方で、たやすく周囲の甘言に流された。耳当たりの良い世辞を好み、自分の眼で事実を確かめようとはしない人だった。

それでも、わたしとお兄様がまだ幼かった頃、お祖父様《じいさま》が任命した先々代の宰相が存命の時代は、まだ、ぎりぎりのところで国は回っていた。けれど、彼が事故死し——それが本当に事故だったのかどうか、今となっては真相は闇の中だ——国は荒れた。

汚職がはびこり、賄賂は横行し、税は上がり、何度も反乱が起こった。隣国に攻め込まれたこともあった。今になって思い返してみれば、よく、我がディセンティ王国が、地図の上から消えてしまわなかったものだと思う。

お兄様は、王太子として死力を尽くした。

最終的には、実の父親に剣先を向けて、ここで死ぬか退位するかと迫ることになったけれど、わたしは常に、全面的にお兄様を支持した。口さがない人々が何といおうとも、お兄様は国を守るために最善を尽くしたのだ。

そして、およそ二年前のことだ。

お父様は、対外的には病のためという理由で退位した。

その処遇に関しては、重臣たちからも様々な意見が出たけれど、国内を落ち着かせるためには、流血を避け、穏便に王位を継ぐことが最善だろうと思われた。それは、他国にこれ以上付け入る隙を見せないためでもあり、新王となるお兄様に、親殺しの烙印《らくいん》を押すことを避けるためでもあった。

お父様には重すぎたのだろう王冠を、お兄様は凛《りん》とした眼差しで戴《いただ》いて、晴天の下で即位した。

それから、新王として国内の平定のために駆けずり回っていた。

わたしを含めて、お兄様の補佐官たちは皆、国王がそんな気軽に動き回らないでくださいと諫《いさ》めたものだけど、お兄様は笑っていた。「ようやく自由に動ける」と、そういいながらわたしを見るお兄様の眼差しには、哀切のような後悔が滲《にじ》んでいた。

そんな中で、我が国に隣接する北と西の二国から、ほとんど同時に、お兄様へ縁談があったのだ。

まだ、即位から三ヶ月も経たない頃だった。

北の氷国ハルガンは第一王女を、西の草原国ターインは王孫であり、王太子の長女を。それぞれお兄様の正妃にといってきた。

　これが問題だった。

　北と西の二国は、昔から仲が悪い。どちらを選び、どちらを断っても角が立つ。この場合の角が立つというのは、我が国との戦端が開かれかねないという意味だ。

　それに、お兄様としては、まだ王妃を迎えるどころではなかった。治世を安定させることが最優先であり、結婚のために費やす時間はなかった。

　両国からの申し出を、穏便に断る理由を探して、お兄様もわたしも頭を悩ませた。

　重臣たちも含めて悩みに悩んだ末に、両国へ返した答えがこれだった。

「私は家長として、まず妹の結婚の面倒を見てやらなくてはいけない。妹が結婚しない限りは、私も自分の縁談など考えられない」

　半ば破れかぶれの返答だ。ここで両国から『では妹君を我が国の花嫁に』などという打診が来たら、打つ手はなかった。

　しかし、そういった話は、まず来ないだろうという見込みもあった。そして、その予測は当たっていた。

　お兄様宛《あて》の縁談が来るよりも、二ヶ月ほど前の話だ。各国の要人を招いた夜会で、ある事件が起こったのだ。

　あれ以来、わたしを妻にしたいと望む国はなくなった。

わたしを迎え入れることは、すなわち、他国の一軍を無傷で自国に引き入れることも同然だと思われているからだ。


……だけど、あれからおよそ二年が経つ。

お兄様には王妃と跡継ぎが必要だ。北でも西でもなく、南の大国エムートとの同盟強化を図るために、かの国の王女を妻として迎えたいという話は以前から出ていた。水面下で動いていた話だったけれど、ようやく確約まで漕《こ》ぎつけたのだろう。

そうなれば、あとは北と西への言い訳が立つように、わたしが先に結婚するだけだ。

「……ですけれど、お兄様。わたしを妻にしてもよいという奇特な方は現れたのですか？　それとも、やはり、リッジ公爵に？」

公爵は御歳八十歳だ。どうしてもわたしの縁談が決まらないようなら、妻に迎えてもよいといってくれている。

「この歳まで生きましたからな。眠ったままポックリ逝《い》くのも、狂犬に首を刎ねられるのも、たいして変わりませんわ」といってくれた好々爺《こうこうや》である。

わたしは、誓って、バーナードにそんな真似はさせないといったのだけど、公爵は笑うだけだった。多分、信じてもらえていない。

お兄様は、真剣な顔でいった。

「公爵を死なせるわけにはいかない」

「お兄様まで、そんなことを……」

「アメリア。可愛《かわい》い妹よ。私はお前を、誰よりも信頼している。愚《おろ》かだった父よりも、離宮にこもりきりの母よりも、誰よりもだ。お前だけが、幼い頃から一心に私を支えてきてくれた。そのうえで、あえて問おう。王家の一員として、どのような縁談でも受けるといってくれるか？」

「ええ、お兄様。覚悟はできております。……ただ、お相手がいればですけれど」

「相手ならいる。バーナードだ」

お兄様は、躊躇なくいった。

わたしは、まず、自分の耳を疑った。

それから、まじまじと、その薄青色の瞳を見返す。

ディセンティ王国の若き国王、ロベルト・ディセンティ陛下は、揺らぐことなくわたしを見つめている。

わたしは、からからに干上がった喉から、声を絞り出した。

「あの、お兄様……？」

「先にいっておこう、私は本気だ。お前の夫となっても問題が起こらない相手は、もはやあの狂戦士《バーサーカー》本人しかいないだろう」

「まっ、待ってください、その……、そのお話は、……バーナードには……？」

息も絶え絶えに尋ねると、お兄様は目をそらしていった。

「してない」

「お兄様！」

悲鳴を上げたわたしに、お兄様は開き直った態度で口を開いた。

「仕方ないだろう。いいか、アメリア？　私とて、あの男が王家の威信を理解する者ならば、先に話を通している。あるいは、あの男が、国のため、民のために生きるという崇高な志《こころざし》を持つ騎士ならば、同様に根回ししているとも。――だが、あれは、お前の話しか聞かない狂犬だ。間違えて人間に生まれてしまった男だ。縁談の話などしたら、私の首が物理的に飛ぶだろうよ」

「それでは、わたしから彼に話せというんですか。わたしと結婚するようにと、わたしの口から!?」

「アメリア」

お兄様は、深く、心のこもった声音で、わたしの名前を呼んだ。

「お前が嘆く気持ちはよくわかる。もし、私がお前の立場だったら、兄を恨み、国を恨み、将来を悲観して打ちひしがれるだろう。だが……、わかってくれ、アメリア」

お兄様は、心底忌々《いまいま》しいという口調で続けた。

「あの狂戦士《バーサーカー》が傍にいる限り、お前に縁談は来ない」

「それは、そうでしょうけれども……！」

「そしてあの男は、人の皮を被った呪いの魔剣だ。投獄しようと追放しようと、やすやすとお前のもとへ戻ってくる」

わたしは額を押さえながら、それでも一応の訂正をした。

「投獄も追放も、濡《ぬ》れ衣《ぎぬ》によるものだったではありませんか。バーナードは、冤罪《えんざい》で罰せられたというのに、わたしやお兄様の危機に駆けつけてくれたのです」

お兄様は、フッと笑った。

「なにをいう、アメリア。あの男が、私のために動いたことなどあるものか。すべてお前のためだ。私を助けたのは、ただのお前のついでだ。ハッ、私など、奴にとっては道端の草以下よ。お前がいるから、お前が望むから、私もついでに助けただけだ。――そうとも、あれは、お前が拾ったときから、お前のために三千の兵を壊滅してみせた男。間違って人間に生まれてしまった〝何か〟だ。おそらく、本来は、呪いの魔剣としてこの世に現れるはずだったのであろう」

お兄様が、あごをさすりながら、訳知り顔でいう。

そんな事実はないので、自信たっぷりの顔をしないでほしい。

誰が何といおうと、バーナードは人間だ。多少やりすぎることはあるけれど、誠実で信頼できる、立派な騎士だ。

「お兄様、何度も申し上げておりますけれど、わたしは彼を拾ったのではなく、彼の人生を一時的に預かっているだけです。それに三千の兵は誇張ですわ。バーナード以外にも味方はおりましたし、バーナード自身も『俺が片付けたのは二千くらいですよ』といっておりましたよ」

「お前はその会話を疑問に思わんのか、アメリア!?」

お兄様は空中に敵でもいるかのように、しばしばしとこぶしを叩《たた》きつけた。勢いあまって、お兄様の金色の髪も乱れている。

「確かに、奴には命を救われた。それは認めよう。一度や二度ではない。それも認めよう。……先王のせいで、私もお前も、何度も窮地に陥ってきた。和平のために、お前を送り出した先で、お前が反乱軍に包囲されたと聞いたときは、私とて目の前が真っ暗になったものだ。――しかしな、あの狂戦士《バーサーカー》が、お前の安全を確保しようと反乱軍をことごとく殺しつくし、見渡す限りを赤く染め、屍《しかばね》の山を築くたびに、お前まで恐怖の対象になっていたんだぞ!?」

お兄様は、片手で顔を覆って続けた。

「あの夜会以前から、すでにそうだった。戦場を知らない貴族たちは、大げさな噂よと笑っていたが、王立騎士団団長も、王室近衛隊総隊長も、お前とバーナードを見るたびに青ざめた様子で、そっと目をそらしていた……ッ! あの勇猛と名高いボルツ辺境伯ですら、自分の息子とお前の縁談だけはどうかご容赦いただきたいと、私の前で膝をついて懇願してきたんだぞ!? あの我が国最強の将軍と謳《うた》われたボルツ殿まで!」

「まあ……、そうでしたの……」

初耳だ。できたら一生知りたくなかった。

「名門貴族の中でも、武門の家の者たちは皆、お前との縁談だけは回避しようと必死だった……。あの狂戦士《バーサーカー》がセットでついてくるからな……。騎士団の者たちなど、お前を妻にしてバーナードを迎え入れることは、己の一族への死刑宣告も同然だと囁《ささや》き合っていた」

「ええ……、そちらは聞いた覚えがありますわ……」

「奴のせいで、ただでさえ、お前への縁談話は少なかったというのに、あの夜会だ。よりにもよって、各国の要人を招いていた、あの夜会で、あの、お前の身の安全以外は何も考えない狂犬が、衆人環視の中で首をスパンと飛ばして以来、お前を妻に望む者は一人もいなくなってしまった。

――ならば、本人に責任を取らせるのが筋《すじ》というもの！　そうだろう、妹よ!?」

わたしは、再び額を押さえた。

もはや、頭痛を通り越して、めまいがしてきた。

◇

あれは、およそ二年前。お兄様が即位して一ヶ月ほど経った頃だった。

即位後としては初となる、大規模な夜会を催した。

国内の有力者は、全員出席したといわれるほどの規模だった。国外からも、大勢の賓客を迎えていた。

会場となる大ホールでは、この夜のために磨き上げられた飴色《あめいろ》の床に、白い花のアーチのような紋様が描かれていた。宝石のように輝くガラス細工の灯《あか》りには、真珠色の蠟燭《ろうそく》がいくつも並んだ。国立楽団は、この夜を素晴らしいひと時にするために、重厚でありながら弾むように軽やかで、誰もが聞き惚《ほ》れてしまう音色を奏でていた。

わたしも、この夜会では、いつになく華やかな装いをしていた。

お兄様の即位の式典では伝統的な白のドレスを着たから、流行を取り入れた美しいドレスというのは、本当に久しぶりだった。

王女時代にも、お兄様の代理を務めることはあったし、そのために正装する機会は多かったけれど、そういった場での王族の装いというのは伝統と格式を求められるものだ。つまり、毎回似たような装いになるのだ。

わたしは「悩まずにすんでいいわ」なんて笑ってみせてはいたけれど、流行《はや》りの色鮮やかなドレスに憧れがなかったといえば、嘘《うそ》になるだろう。

お兄様のようやくの即位、そして即位して初の大夜会だ。

わたしの心も、密《ひそ》かに浮ついていた。

華やかなドレスを身にまとったわたしを見て、バーナードが「よくお似合いです。とても美しい。

……困ったな、ほかの言葉が出てこない。あなたはとても美しい。ええ、以前から知っていた通りにね」などと、大げさに褒めてくれたことも、この上なく、わたしの胸をざわめかせていたのだろう。

長年の自制をもってしても、彼からの言葉には心が揺れてしまう。わずかな期待と喜びがにじみ出てしまう。わたしは柔らかく微笑《ほほえ》んで見せることで、必死に気持ちを押し殺していた。

その夜も、バーナードは、いつも通りに、わたしの後ろに控えて護衛を務めてくれた。

わたしは、彼が傍にいてくれるだけで心強かった。

◇

夜会が始まると、お兄様とわたしの前には、挨拶のための長い列ができた。

自国の貴族に、他国の要人。身分が高く、有力な者から先に並ぶので、列が半ばほどまではけた頃には、見覚えのない相手もちらほらと交ざるようになっていた。

だから、セズニック伯爵に、彼の長男を紹介されたときも、さほど深くは考えなかった。

珍しいな、とは思った。わずかな引っ掛かりはあった。

セズニック伯爵の長男は病弱で、何度も大病を患《わずら》っており、ベッドから出られることはほとんどないと、噂で聞いていたからだ。

――おそらく、長男と実際に会ったことがあるのは、家族や使用人くらいなものだったのだろう。彼と面識がある人物は、夜会に出席している貴族たちの中には一人もいなかった。

だから、セズニック伯爵が自分の長男だと紹介すれば、誰もが信じた。

わたしは、伯爵の長女である女性なら、挨拶を受けたことがあった。

ただ、彼女は、一昨年《おととし》に出産したとも聞いていた。もしかしたら、お子さんが風邪でも引いたのかしら、と頭の片隅で思った。

彼女は、伯爵家を継ぐために婿養子をとっていたが、なかなか子供に恵まれず苦しんでおり、無事に生まれた際には、伯爵家をあげてのお祭り騒ぎだった……と、そんな話も伝えきいていたから余計だった。

紹介された長男は、美しいけれど、ひどく痩せていて、繊細そうな男性だった。

長年、病で臥《ふ》せっていたといわれたら、誰もが納得するような容姿だった。

彼は、最近になって多少は体調が回復したのだろうか？　それで伯爵は、長男にも、華やかな夜会を体験させてやりたいと考えたのかもしれない。

数秒の間に、そこまで考えを巡らせてから、わたしは、いつも通りの微笑みで、彼から挨拶を受けた。

――……いや、挨拶を受ける、はずだった。

けれど、ほんの一瞬、瞬き一つの間だ。

わたしが、ぱちりと瞬いた後には、セズニック伯爵の長男は、首から上がなくなっていた。

何が起こったのかわからない。

わからないけれど、まるで丸いボールのような何かが、ポンと天井へ上がって、それから、円を描くようにして落ちた。

たまたま、その落下地点にいた、五十歳過ぎても好色で見境がないと評判の侯爵は、上から落ちてきたものを、思わずといったように受け止めて、受け止めてしまって、そして――。

侯爵の野太い悲鳴が、大ホールに響き渡った。

◇

気がつけば、華やかな夜会は、阿鼻叫喚《あびきょうかん》の宴《うたげ》と化していた。

悲鳴を上げて逃げまどう人々、出口へと殺到する紳士とご婦人たち。大ホールに反響する怒号と叫び声。

侯爵は、腰を抜かしたまま、床を這《は》うようにして、必死に逃げ出そうとしている。そして、侯爵が絶叫と共に放り投げた頭部は、もの寂しげに床の上に転がっていた。夜会のために描かれた花の紋様は、今や赤く濡れている。

わたしは、あまりのことに思考が追い付かず、声も出ないまま、ただ瞬きを繰り返した。わたしいつの間にか、バーナードの背中があった。わたしを守るように立つ彼を、わたしは呆《ぼう》然《ぜん》と見つめた。

動けずにいたわたしの耳を打ったのは、お兄様の叫び声だった。

「きっ、貴様っ、何を考えている!? とうとうおかしくなったか!?」

お兄様がこちらへ来ようとするのを、国王付きの近衛隊が無理やり押し留《とど》めた。

「危険です、陛下！ お下がりください！」

「陛下、こちらへ！ 我らが誘導します、どうか避難なさってください！」

式典用の礼服を着た近衛隊が、お兄様の前に集まって人の壁を作る。

そしてほかの騎士たちが、お兄様を逃がそうとするけれど、お兄様は、彼らの手を払いのけて、怒りの声を上げた。

「馬鹿をいうな、お前たち、妹を置いていけるものか！ アメリア、こちらへ来なさい、アメリア！」

「なりません、陛下！ ここはお引きください！」

「アメリア殿下は我らが命に代えてもお助けいたします！ ですからどうか、この場はお逃げください!!」

お兄様付きの近衛隊が、こちらへ剣を向けながらも、大騒ぎになっている。

一方、わたし付きの近衛隊は、一応は応戦の構えを見せながらも、涙目になってバーナードに訴

えていた。

「あんた何考えてるんですかあ!!」

「このクソボケ狂犬隊長のせいで俺まで死にたくねー!!」

「なんで首飛ばしたんスか!? ねえなんで!? 夜会で首飛ばすバカがどこにいるんスか隊長!?」

「殿下、ご無事ですか!? 殿下だけでもお逃げください!」

「そうですよ、殿下は陛下の傍へ行ってください! 俺たちもなんでこんな状況になってるのかわからないです!」

「この間違えて人間に生まれたクソ狂犬隊長のせいだってことだけはわかります!!」

わたしが恐る恐る、「バーナード……?」と呼びかけると、彼は、ちらとこちらを振り向いていった。

「俺の後ろにいてください、殿下。あれは殺し屋です。本物の貴族なのか、それとも偽者なのかは知りませんが、訓練を受けたプロですよ。ほかにも仲間が潜んでいるかもしれない」

彼が、そういったときだ。

それまで、茫然《ぼうぜん》自失といった様子で立ち尽くしていたセズニック伯爵が、弾かれたように身体を震わせると、信じられないといわんばかりにバーナードを見つめた。

それから、わたしへと向き直った。

伯爵は、いきなりその場に膝をつくと、床に額をこすりつけて叫んだ。

「申し訳ございません！　申し訳ございませんっ！　何もかも私の責任です、私の罪です！　いかなる処分も受けます、今ここで首を落とされても構いません！　ですから、どうか……っ、どうか！」

伯爵は顔を上げると、必死の形相でいった。

「孫をお助けいただけないでしょうか、殿下……！　どうか、どうか、何でもいたします、命もいりません、ですからどうか……！　お願いです、孫をお助けください、殿下……！　あの子はまだたった二歳なのです、あの子には何の罪もありません！」

伯爵の眼から、涙があふれだす。

――病弱で、長く臥せっているとの噂だった、伯爵の長男。突然、剣を抜いたバーナード。彼のいった『殺し屋』『訓練を受けたプロ』との言葉。

それらが脳裏をよぎって、わたしはおおよそを察した。

バーナードの背後から出る。

彼は止めようとしたけれど、わたしはそれを片手を上げることで制して、伯爵の傍へ行った。そして尋ねた。

「お孫さんは、今どちらに？」

伯爵は、首を横に大きく振ると、涙声でいった。

「わかりません……！　奴らが、あの子を、さらって……！　あっ、あの男を、私の息子として、夜会へ連れていけば、孫は無事に返すといったのです。それで……っ、申し訳ございません、殿下……！」

「その者たちと、連絡を取る方法はありますか？」

「……夜会から、戻ったら、来るようにと、いわれた場所はあります……！　そこに、あの子を、連れてくると……っ」

「わかりました。では、参りましょう。伯爵、案内してくださいますね？」

「殿下……？」

ほうけた顔で、伯爵がわたしを見上げる。

制止の声は、背後から二つかかった。

「やめておいたほうがいいですよ、殿下。今から行っても無駄です。こういう場合、人質を生かしておく理由はない。どうせもう」

「口を慎《つつし》みなさい、バーナード」

強く叱ると、彼は仕方なさそうな顔をして、わたしから目をそらした。

お兄様は慌てたように、近衛隊の隙間から顔を出していった。

「待ちなさい、アメリア。そういう事情なら、すぐに騎士団を向かわせよう。お前が行く必要はない」

「お兄様、ことは一刻を争います。偽者の男が死んだことが誘拐犯たちに知られる前に、セズニック家へ到着しなくてはなりません。騎士団から人員を選んでいる時間はありませんわ。それに、人目を避けるためにも、少人数で行動するべきです」

わたしは、もう一度、セズニック伯爵へ声をかけた。

「案内してくださいますね、伯爵。わたしとわたしの近衛隊が参ります。朝も夜もなく馬を駆けさせたなら、暗殺者たちの知らせよりも早く、たどり着くことができるでしょう」

「――――っ、かしこまりました！　この御恩は一生忘れません、殿下……！」

彼の恩を受け取ることができるとしたら、それは、人質にされた子を無事に助けられたときだけだろう。

バーナードのいうことは正しい。わかっていたけれど、わたしは止まる気はなかった。

一歩踏み出し、高らかに告げる。

「参りましょう。そして知らしめるのです。我が国は、卑劣な誘拐犯など断じて許さないと！」

わたしの近衛隊が、おおっと声を上げた。

そして、それから――――……結果からいうと、非常に幸いなことに、わたしたちは伯爵のお孫さんを救出することができた。

誘拐犯たちは、まだ『使い道がある』と考えて、あの子を生かしておいたらしい。

まだ二歳の、とても愛らしい女の子だった。誘拐犯たちがどんな『使い道』を考えていたのかは、想像したくもなかった。

幼い彼女は、泣き声も上げられないように拘束され、監禁されていたために、衰弱はしていた。けれど命に別状はなく、休息と栄養を取れば大丈夫だろうとの医師の診断だったので、わたしたちはホッと胸を撫《な》でおろした。

わたしたちが救出した後は、幼い彼女は、母親にしがみついて、弱々しい声で泣きじゃくっていた。次期当主である彼女も、ぼろぼろと涙を零《こぼ》して「怖い思いをさせてごめんなさいね」と我が子に謝っていた。

伯爵家の人々は、総出で、わたしたちへ感謝を述べた。

本物の長男も、召使いに身体を支えられながら出てきて、わたしの前で身体をなげうつように平伏した。何もかも自分が悪いのだと、彼は何度も謝った。

「私のせいです。あの子がさらわれたのも、我が家が目をつけられたのも、私が、こんな弱い身体のくせに、おめおめと生き延びているからなのです。どうか、どうか、すべての罰は私に与えてください。理由があるとはいえ、我が家は殿下の暗殺に加担しました。これが許されない大罪であることは重々承知しております。ですが、どうか、妹たちにはご温情を……！　どうか……！」

今にも倒れそうな顔色をして、それでも長男は必死にいい募る。

伯爵もまた、どんな処分でも受け入れる、爵位も返上する、だからどうか子供たちの命だけは助けてほしいと懇願した。

わたしは、この件は預かりにするとしか答えられなかった。

狙われたのはわたしだけれど、王族への暗殺未遂となると、わたしの裁量で処分は下せない。お兄様に判断を仰ぐしかない。

伯爵が、せめて礼をさせてほしいというのを断り、わたしと近衛隊は、そのまま王都へ引き返す――と見せかけて、わたしは隊列を止めた。

間者が潜んでいる可能性も考慮して、念のために伯爵家から見えない場所まで来てから、わたしは馬を止める。そして、怪訝な顔をしている近衛隊の皆に向かっていった。

「このまま、彼らの本拠地へ攻め込みましょう」

その言葉に、バーナードが、露骨に嫌そうな顔をした。


誘拐犯たちのアジトへ乗り込んだときに、バーナードは、彼らから情報を引き出していたのだ。

最初にバーナードがいった通り、彼らは訓練を受けたプロで、仕事として殺人を行う暗殺者集団だった。今回の事件で動いていたのは、その集団の一部隊でしかなく、本拠地は別にあった。南の大国エムートとの国境にまたがる、ザバリン山脈のふもと、魔の森とも呼ばれるジャカルドの奥深くにあるという。

元々は、南のエムートで暗躍していた暗殺者集団だったらしい。最近になって、我が国へと勢力を伸ばしてきていたのだという。今回の王妹暗殺は、このディセンティ王国に対して、彼らの名を売る絶好の機会でもあったのだとか。

訓練を受けた暗殺者である彼らが、どうしてそうもペラペラと話してくれたかというと、バーナードが一人でアジトを壊滅させていく中で、途中から「リリィシュー……ッ！」「おお、この世に降り立ったリリィシューだ！」「お許しを、お許しを！」などと叫ばれるようになったからだ。

博識な近衛隊副隊長のチェスターによると「確か、南方で祀《まつ》られる、荒ぶる神の名前ですね、リリィシューというのは。うちの隊長があまりに人外なので、彼らも『これは人間ではない何かだ』と気づいたんでしょう」とのことだった。

ちなみにバーナードは「失礼な奴らだな、俺はどこにでもいる、ごく普通の人間だぞ」といって、隊のみんなからブーイングを受けていた。

「王妹暗殺に失敗したとわかれば、その者たちは姿をくらませてしまうでしょう。潜伏に専念されてしまったら、捜し出すのは難しい。その者たちを叩くとしたら、今しかありません。本拠地が判明している今、攻め込むのです。我が国で暗殺者集団をのさばらせることなど、あってはなりません」

バーナードは渋い顔をした。

わたしが彼へ向ける眼差しと、バーナードの拒絶の表情の間で、副隊長のチェスターは困ったような顔をして、わたしたちを取り持つように、軽い口調でいった。

「さすがの隊長も、これぱかりは危険すぎると思われますか？　暗殺者集団なんて厄介な代物《しろもの》ですからね。殿下の身に危険が及ぶのではないかと、心配なんでしょう？」

「そんな心配はしてない」

「なんで人の気遣いを無にするんですか、あんたは」

「俺は殿下の護衛騎士だぞ。何があろうと殿下はお守りする」

「ハハッ、隊長に騎士の自覚があったとは驚きですね」

チェスターが乾いた笑いを零す。

わたしは、じっと、最強の騎士を見つめて尋ねた。

「では、なにが心配なのですか、バーナード？」

バーナードは、不満そうにわたしを睨《にら》みつけていった。

「お疲れでしょう、殿下」

「……？　ええ、まあ、疲れていないとはいいませんが」

「疲れていて当たり前です。朝も夜もなく馬を走らせて、それから悪党どもとやりあったんですよ」

「戦ったのはあなたで、わたしは何もしていませんよ」

「殿下は休息を取るべきです。このまま街道を行けば、それなりの高級宿がある。そこで二、三日はゆっくり休んでください」

「バーナード、わたしたちは、今すぐ行動に出るべきです」

「俺は殿下が休むべきだと思います」

「バーナード」

「休むべきです」

「……、あなたはどうですか？　あなたには休息が必要ですか、バーナード？」

「俺が？　なんでだよ。……別にね、殿下。あなたが、俺一人で片付けてこいというなら、やれますよ。でも、やりません。俺が傍を離れたら、殿下の護衛をする者がいなくなるでしょう」

いなくなりはしませんけどね、と、チェスターがぼやいた。

けれどバーナードは、そちらを見るそぶりもない。

わたしは馬を進ませて、彼に近づいた。

「では、共に行きましょう、バーナード」

「俺の話を聞いていましたか、殿下？」

「ええ、聞いていましたよ」

わたしは、そこで、にっこりと笑ってみせた。

「でも、バーナード。わたしはもう、行くと決めたのです」

バーナードは、天を仰いで短く罵った。

「最悪だ。あなたって本当に、ときどき最悪ですよ、殿下」

◇

そして、わたしたちは、暗殺者集団の本拠地へ乗り込んでいき、バーナードは彼らを壊滅させた。

その後、王都へ戻って、陛下へ報告した。一通り話し終えてから、わたしがセズニック家の処分について温情を願い出ようとすると、お兄様は疲れた顔で、軽く手を振った。

「いい、わかっている。厳罰は下さん。これ以上、人死にを出すことはない。……お前は知らないだろうが、あの後、大変だったんだぞ……。ことの収拾を図り、皆を落ち着かせるのに、私がどれほど苦労したことか……。あの狂戦士《バーサーカー》のせいで、我が国の社交界はすっかり恐怖に染まってしまった。この上、血を流すような真似をしたら、私の求心力まで落ちるだろうよ。……セズニック家には、温情をもって当たる。それでいいな、アメリア？」

「はい。心から感謝いたします、お兄様」

「……あの狂戦士《バーサーカー》に、二度とやるなと、よくいっておけ……」

お兄様は疲れ切った顔で、そう呻《うめ》いた。

◇

しかし、その後、バーナードの夜会での行いは問題視されて、軍法会議まで開かれることになってしまった。

王宮の一室で、バーナードは円卓の中心に立たされ、周囲を重臣たちがぐるりと取り囲む。

今回の一件において、彼の功績は偉大である。処分どころか、褒賞を与えてもいいはずだ。

わたしは、そう訴えたけれど、重臣たちは皆、苦々しい顔を隠しもしなかった。

特に、あの、落ちてきた頭部を受け止めてしまった侯爵の親戚筋にあたるご老体は、バーナードを投獄すべきだと訴えた。

「この男は、何の証拠もなく、突然、首を刎ねたのですよ！　あれが本物のセズニック家の長男だったら、どうするつもりだったのか！　陛下、こんな恐ろしい男を、放置してよいはずがありません！」

お兄様は、眉間にしわを寄せて、額を手で押さえていた。

近衛隊総隊長が、沈痛な面持ちで口を開いた。

「もっともな言い分だが……、投獄に意味がないことは、この場の人間の大半が承知しているだろう」

「なっ――――、ならばいっそ、死刑にすればよい！　陛下、こんな男を生かしておいては、我が国に災いが起こりますぞ！」

「死刑ね。誰が刑を執行する？　ご老体、あなたがその手でやるのか？」

「なにを馬鹿げたことを。処刑人が行うに決まっているであろうが！」

「それは実質、処刑人への死刑宣告だな」

近衛隊総隊長が、疲れた顔でいう。

王立騎士団団長も、嫌そうにバーナードを見ていった。

「貴様も、貴様だ。なぜ、いつもそうなのだ。どうして、まずは拘束するだとか、そういった穏便な手段がとれんのだ。拘束し、聴取し、証拠を固めてから処分を下すのが、真っ当な人間というものだぞ。今回は、貴様の疑いが当たっていたからよかったものの、間違っていたらどうするつもりだったのだ」

バーナードは、鼻で笑って答えた。

「殺し屋かどうかなんて、見たらわかるでしょう。俺としては、むしろ騎士団の方々にお聞きしたいですね。暗殺者を見逃すなんて、どんなザルな警備をしていたんですか？」

「貴様……ッ！」

「見れば一目でわかるものを、あの距離まで殿下への接近を許すなんてな。役立たずどもめ。その眼は節穴《ふしあな》か？」

騎士団長が、怒りのあまり立ち上がる。

わたしは額を押さえながらも、口を挟んだ。

「わたしもわからなかったわ、バーナード。わたしも、見抜けませんでした。あの偽者が、本物のセズニック家の長男だと信じてしまいました」

「それは当たり前でしょう。殿下の仕事は戦うことじゃないんですから。あなたは気づかなくて当然です。殿下に落ち度は何一つありませんよ」

沈黙が落ちる。

その場の皆が、沈痛な面持ちになった。

騎士団長も疲れた様子で、椅子に座り直す。

お兄様は、小さく唸《うな》った後で、半ばやけ気味にいった。

「騎士バーナード。夜会における貴様の振る舞いは、断じて認められるものではない。……しかし、貴様が壊滅させた暗殺者集団は、南方国エムートにおいて脅威的な存在だった。今回の一件で、かの大国の王からは、厚く感謝された。なんでも、先代国王の死には、その集団が関わっていたという疑惑があったそうでな。父の仇《かたき》を討ってくれたと、国王自らが、私に礼を述べにいらした。そして、今後は、我が国への友好と支援を約束してくれた。……貴様の失態は大きいが、功績もまた、無視できぬほどには存在する。よって、今回の一件、貴様への処罰は――三ヶ月の減給とする！」

甘い、と、ご老体は悲鳴を上げたけれど、ほかの重臣たちは、ため息をつきながらも賛同の意を示していた。

妥当な落としどころですなと、近衛隊総隊長は、髭《ひげ》を撫でつけながら呟いた。

バーナードは、何も気にした様子はなく「わかりました」と頷いた。


救国の英雄といっていいほどの活躍をしたのにと、わたしには納得のいかない気持ちがあったけれど、近衛隊の皆は、

「夜会で突然人の首を刎ねた男に対する最大限の恩情」

「失態と功績を相殺した結果残った、唯一の処罰ですな」

「まあ減給ならちゃんと受けますもんね、隊長は」

「投獄しても自力で出てくるから意味ないっスよね」

「死刑なんて処刑人が可哀想《かわいそう》すぎる。隊長と違って何の罪もないのに」

なんて、囁き合っていた。

わたしは密かに、自分が動かせる資産の中から、彼に報奨金を与えようとしたのだけど、バーナードは、あっさりと断っていった。

「褒美はいらないので、いい加減、殿下は休んでください。これで休みを取らなかったら、温厚な俺でも、さすがに怒りますからね」

傍で聞いていた副隊長のチェスターは「あんたが温厚だったことなんてあります……？」と呟い

ていた。

◇

それが、二年前の話だ。

流血夜会事件として、恐怖とともに語られるようになったこの一件は、ただでさえ少なかったわたしの縁談話を、ゼロにまで減らした。

各国の要人が、あの事件を目撃しており、彼らは当然のこととして『いったい何が起こったのか』『あの近衛騎士は何者なのか』ということを知りたがった。国内の有力貴族たちも、バーナードを噂でしか知らなかった者たちは皆、同様に情報収集へと動いた。そこで「そら見たことか」と、ある意味では得意げに口を開いたのが、騎士団や、武門の家の者たちだ。彼らは大いに語った。若きロベルト国王陛下が即位するまでに、バーナードがいかに人間離れした強さで敵を殲滅《せんめつ》してきたかということを。また、バーナードが、狂犬や呪いの魔剣などと評されるほどに、相手の身分や地位を意に介さない人間であることを。

初めてバーナードの話を聞いた者たちは、その時点ではまだ半信半疑だったようだ。しかし、暗殺者集団の壊滅が決定打となった。わたしは知らなかったけれど、あの暗殺者集団の恐ろしさは、一部では有名な話だったらしい。

今では、諸外国では、バーナード一人が一万の軍にも匹敵すると囁かれている。わたしを妻に迎えることで、バーナードも一緒についてきたら、それは無傷の大軍に侵入を許すも同然である……と考えられているそうで、あの一件以来、夜会に出席しても、誰からもダンスに誘われなくなった。

まあ、それは構わないのだけど、わたしが結婚しないと、お兄様が結婚できない。そちらは困る。


――だけど、だからといって、バーナードと結婚なんて、無茶です、お兄様……！


わたしは何度もそう訴えたのだけど、お兄様は、これは王命だと譲らなかった。

しまいには、「どうしても受け入れられないというならば、この首を刎ねて、王位につくがいい、アメリア！　私とて、非道な命令をしていることはわかっている。お前が玉座を奪うならば、私はそれを受け入れよう！」とまでいわれてしまった。お兄様はときどき、変な方向に大袈裟《おおげさ》すぎる。

わたしだって、王族だ。政治のために結婚することは、覚悟してきた。

だけど、バーナードは違う。彼は、国のためになんて割り切れはしないだろう。今でこそ爵位を持っているけれど、彼は貴族に生まれたわけじゃない。

わたしたちが出会ったとき、彼は騎士ではなく、旅人だったのだ。

バーナードは、騎士になることを望んだわけでもなかった。ただ、わたしの身を守るために必要だからと、騎士の位を受けてくれた。その後も、爵位も、隊長職も、望まないながらも受け入れてくれた。彼には何の義務もないことだというのに、その心ひとつで、わたしに付き従ってくれている。

このディセンティ王国には、古いおとぎ話がある。騎士バーナードの英雄譚《えいゆうたん》と呼ばれる話だ。勇敢で心優しい騎士が、困っている人々を助けていくお話だ。

お兄様は「バーナードといえば、昔は、勇敢で心優しい騎士を思い出したものだ……。今では恐怖の象徴だがな、ハハッ」なんていうけれど、わたしはそうは思わない。バーナードは、おとぎ話の英雄と同じように、素晴らしい騎士だ。

第2章

わたしは、自分の執務室に戻ると、書類仕事を再開しようとしたけれど、書かれている内容が、まるで頭に入ってこなかった。

文字を追おうとしても、バーナードのことばかり考えてしまう。

書類に目を通しているふりをして、扉の前に立っている彼を、ちらりと覗き見た。

わたしの護衛騎士は、とても格好良い。さらりとした、癖のない黒髪に、秋を思わせる美しいこげ茶色の瞳。顔立ちは整っていて、誰もが思わず目を奪われるような、圧倒的な存在感がある。

わたしがつい、彼に見惚《みほ》れてしまうのも、仕方のないことだろう。

……バーナードを好きにならずにいることは、わたしにはとても難しいことだった。

過去形だ。だってもう、ずいぶん前に、自分の心に抗《あらが》うことをやめてしまったから。今では、胸の内でこっそりと彼を好きでいるくらい、問題にはならないはずだと開き直っている。

口に出すわけじゃない。気持ちを伝えるつもりもない。

子供の頃から培《つちか》ってきた自制心は、恋心相手でも十分に活躍している。

わたしにとってバーナードは『信頼できる騎士』だ。それ以上でもそれ以下でもない。……と、そう振る舞う演技だけは、自分でもなかなかのものだと思う。

実際には、心の中で『今日も格好良いわ……』と感嘆のため息を零していたりするのだけど。

『これほど格好良い人が傍にいて、好きにならずにいられる人間が存在すると思う？　しないわ。百人中、百人が好きになるわ』と一人問答をしてみたりもする。この気持ちを分かち合える同志がいないことだけが残念だ。わたしも、人生で一度でいいから、バーナードの格好良さを誰かと語り合ってみたかった。

政務が忙しくても、バーナードの顔を見ると心が安らぐ。表情には出せない片想いも、慣れてしまえば楽しいものだった。

バーナードは背が高く、身体も鍛え上げられている。こげ茶色の瞳は茶目っ気があって、わたしを見ると、だいたい優しい色になる。たまに、意地の悪い冗談をいわれるときもある。そんなときの彼は、とても楽しげだ。悔しいけど、笑っている顔が、ちょっと可愛いと思ってしまう。

バーナードは、誰よりも強いのに、その強さを誇示することはない。彼は、戦いになれば容赦がないけれど、その力で弱い立場の者を虐げるような真似はしない。

それにバーナードは、ものすごくハンサムだ。目の保養というのは、彼のような人のことをいうのだと思う。わたしは、彼以上に格好良い男性を見たことがない。多分、百年に一度の美形だとか、そういう人なのではないだろうか？

前に、侍女のサーシャに、それとなく『バーナードはとても美形だと思わない？』という話を振ったら、怪訝な顔で「あの狂犬の容姿ですか……？　気にしたこともなかったといいますか、気にする余裕を持てたことがありませんでしたね。あの狂犬が、いつまた姫様の足を引っ張るような真似をするかと、気が気でなくて」といわれてしまったけれど。

でも、これは贔屓目《ひいきめ》じゃない。わたしが、恋で盲目になっているわけじゃないのだ。

実際に、バーナードがとても格好良いと、女性たちが話をしているのを、うっかり立ち聞きしてしまったこともあるのだから。

◇

あれは数ヶ月前の話だ。

その日、バーナードは非番だった。

彼は、放っておくと、一日も休まずに護衛につこうとするので、毎回わたしが強制的に休みを取らせている。

バーナードは「俺がいなかったら誰が殿下をお守りするんです」、あるいは「休みなんかいりませんよ。やることもないし、暇なだけです」、もしくは「俺に一日中ボーッとして過ごせというんですか？　休日なんて虚無ですよ、虚無」などなど悪あがきのようにいい募るけれど、わたしはそれらをすべて却下している。

――――内乱が続いていた頃ならともかく、今は危険な状況ではありません。あなた以外にも、近衛隊の護衛騎士はいます。彼らが守ってくれます。心配ありません。それよりも、あなたの超過勤務が問題です。……と、押し切っている。

その日の護衛騎士は、副隊長のチェスターと、最年少のコリンだった。

わたしは二人とともに、王宮のはずれにある古めかしい書庫を訪れていた。

確認したい過去の記録があったのと、朝から書類仕事に追われていたので、軽く身体を動かしたい気持ちがあったのだ。

わたしの補佐官にいえば、誰かが取りに行ってくれただろうけれど、わたしは気分転換も兼ねて、書庫へやってきていた。

古く、がらんとして、人影もない。広さだけがある書庫だ。

わたしは奥へ奥へと歩いていき、棚をざっと見ながら背表紙を確認して、一冊の古い文献を抜き出した。

そのときだった。

誰かが、書庫の錆《さ》びついた扉を開ける音がした。

チェスターとコリンは即座に警戒態勢を取ったけれど、響いてきたのは賑やかなお喋《しゃべ》りの声だった。

「アメリア殿下の近衛隊の中で？　そうね、あの中で選ぶなら、あたしは断然、隊長がいいわ。あ
あいう野性味あふれるハンサム、すっごい好みなんだよね」

「確かに顔はいいわね。顔と身体はいい。付き合いたいとは思わないけど、まあ、酒場で声をかけられたら、まず断らないかな。一回くらい寝てみたいって思っちゃうわ」

「二人とも、嘘でしょ？　あの隊長、すごく危ない人だって評判じゃない。夜会で人を切り殺したって噂よ？　狂犬なんて呼ばれてるし、わたしは絶対いや。……わたしだったら、副隊長が一番格好良いと思うな。優しそうだし、紳士的だし、立ち振る舞いも優雅で気品があって……、本物の王子様って、ああいう人のことをいうと思わない？」

「いや、本物の王子様は、即位前の陛下だけでしょ」

「副隊長は、ルーゼン公爵家の三男だっけ？　五大公爵家の一つ、金蕚《きんがく》のルーゼン家か。まあ、王子様に近くはあるね」

「でしょ!?　お名前はチェスター様っていうの。チェスター・ルーゼン様！」

わたしの眼の前で、チェスターが頭を抱えた。

わたしは、ぽんぽんと彼の肩を叩いた。

こうなってしまっては、今さら出て行くのも気まずい。おそらく、何らかの文献を取りに来た下級官吏辺りだろうから、彼女たちが出て行くのを待とう。わたしはそう、チェスターとコリンの二人に目配せした。

チェスターは、よろめきながらも頷き、コリンは、ワクワクした顔で、コクコクと首を振った。

幸い、わたしたちの存在に気づかれることはなく、会話も続いた。

「あたしはああいう、キラキラ系はダメだわ。全然ピンとこない。もっとこう、男の色気を感じるタイプが好きなんだよね。その点、あの隊長は好みのど真ん中にきてる。尋常じゃなく強いって評判なのもいいわ」

「わたしはどっちもイケるかな。でも、ベッドに誘ってほしいのは、狂犬隊長のほうだわ」

「二人とも信じられない。チェスター様が一番格好良いに決まってるじゃない。王宮内には、チェスター様をお慕いする会だってあるんだから。わたしも入ってるの」

「は？　待って、なに、その会」

「あんたも入ってるの!?」

「もちろん。ちなみに、今入会したら、無料でチェスター様の肖像画を貰《もら》えるんだよ。だから、二人を誘ってあげようと思ったのに」

大丈夫なんだろうか、その会。詐欺とかじゃないんだろうか。

心配になってきたわたしの前では、チェスターが死にそうになっていた。

『チェスター様をお慕いする会』に入っている女性のいう通り、チェスターは端整な顔立ちをしている。

真の王子様であるお兄様を長年見ているわたしでも、チェスターが王子様と呼ばれるのは納得だ。

金色の髪に、穏やかな深緑色の瞳。全体的に光を放っているような美貌である。

わたしの護衛として、近衛隊の礼装を纏《まと》って出席した夜会でさえ、令嬢方からダンスの誘いがひっきりなしにある。彼は穏便に断っているけれど、その姿さえ優しげで、拒まれたという印象を相手に与えない。「お話しできただけで嬉しい」と、断られても目に涙を浮かべて喜んでいる令嬢たちを多く見かける。

もっとも、わたしにとっては、バーナードに振り回されて、チェスター自身が涙目になっている姿のほうが、馴染み深い。

チェスターは、わたしの近衛隊では最古参なので、バーナードとは、彼がわたしの護衛になったときからの付き合いだ。

身分でいうなら平民出身であるバーナード相手に、公爵家の三男であるチェスターは、見下すとも蔑むこともなく、ただ、毎日のように悲鳴を上げて、振り回されていた。

『殺すなあああ!! 剣に訴えるな!! 平和的解決を図ることもいい加減覚えてくれええええ!!

――はっ? 全員殺せば平和になる!? それは平和的解決っていわないんだよおおおおお!!

姫! こいつを止めてください姫! 微笑ましそうな目で見てないで!! なんでこんなの拾っちゃったんですか!? 何なんですかこいつ!? 殺人人形《キリングドール》に命が宿った少年かなにかですか!?』

……そう叫んでいた頃を思い出すほどに、今のチェスターは死にそうだ。頬の色が、青を通り越して土気色《つちけいろ》である。

近年のチェスターは、バーナードの言動にもだいぶ慣れてきていて、お兄様ですら「今のチェスターならお前の夫も務まるのでは……。いや、駄目だな、ルーゼン公爵家が反乱を起こしてしまう……」と呟いていたことがあるくらいだったのに。

一方で、最年少のコリンは、両手で口を押さえて、笑い出すのを必死に耐えていた。その瞳は、獲物を見つけた猫のように輝いている。これは多分、あとで皆にいいふらそうと思っている顔だ。

わたしたちの反応など知るよしもなく、お喋りは続いた。

「赤の他人の肖像画なんて、タダでもいらないわよ。むしろ怖いんだけど。勝手になにを作ってるのよ、その会」

「王宮って、たまに変な会があるよね。……でも、ルーゼン公爵家の三男が、アメリア殿下の近衛隊副隊長っていうのは、どうせ先を見据えての配属でしょ？　実質、婚約してるようなものじゃない」

「そんなことない！　アメリア殿下には、縁談が来ないって噂だもの！　殿下って、王妹なのに、一件も縁談が来てないらしいわよ。ほら、あの狂犬隊長が暴れたせいよ。でも、殿下も悪いと思うわ。夜会で人を切り殺すような、危ない人をクビにしないんだもの。だから、ルーゼン公爵家だって、殿下とチェスター様をどうこうなんて、考えていないはずよ。それに……、チェスター様は昔、婚約者に裏切られて以来、ずっと浮いた噂一つないの。誠実で清廉な方なのよ」

チェスターが、がばっとその場に膝をついて頭を下げた。

わたしは身を屈《かが》めて、彼の肩をぽんと叩いた。

チェスターが顔を上げる。わたしたちは、傷ついた者同士、眼と眼で通じ合った。

『あなたは何も悪くないわ』

『殿下……、感謝します……。今日、隊長がいなくて本当によかった……。隊長がいたら、俺は死んでいました……』

ちなみに、チェスターが婚約者に裏切られたという話は本当だ。まだお兄様の即位前のことだった。

わたしの近衛隊として国内を飛び回っていたチェスターが、久しぶりに王都へ戻ったら、婚約者のお腹《なか》は大きくなっていたのだ。

あなたが反乱軍との戦いで戦死したかと思って……と、婚約者に泣かれたチェスターは、「俺のほうが泣きたいですよ」といいながらも、円満に婚約を解消しようと両家を説き伏せていた。親同士が決めた婚約ではあったけれど、チェスターは本気で彼女が好きだったのだ。だから、裏切られてもなお、彼女の幸せを願った。

チェスターは心優しく、愛情深い青年だ。

さすがに、このときばかりは、バーナードも酒に付き合ったらしい。飲みすぎたとかで、チェスターは二日酔いで死にそうになっていた。バーナードは、けろっとしていた。

「ま、隊長にしろ副隊長にしろ、あたしたちが付き合えるような男じゃないわよ。あんたも、入れ

込むのは、ほどほどにしておいたほうがいいって」

「でも……、一夜のお付き合いならありだと思わない？　あぁ、公爵家の三男じゃなくて、狂犬隊長のほうよ。だって、知ってる？　エリーナは、あの隊長と、……寝たことあるって」

「うっそお!?」

「ええぇっ!?　ほっ、本当なの、それ!?」

「あの子、相当いい性格してるけど、嘘はつかないわよ」

「だって、エリーナって、陛下の愛妾《あいしょう》目指してるんじゃなかったの!?」

「あれはさすがに冗談でしょ、もっと手頃な玉の輿《こし》狙いだって聞いたわよ！」

「エリーナがいうには、例の隊長を、酒場で偶然見かけて、声をかけたら、誘いに乗ってきたんだって……！」

きゃあああっという悲鳴と歓声が入り混じった声が、遠くで聞こえる。

チェスターとコリンは、今度はそろって青ざめた顔をして、しきりに床を見つめていた。

わたしは、自制心のたまものによる微笑みを、浮かべ続けていた。

バーナードが、休日に、どこで、誰と、何をしようと、彼の自由だ。わたしが口出しできることじゃない。わかっている。わたしは、ただの、彼の上司にすぎないのだ。

「そっか～。夢のある話を聞いたわ。あれだけいい男なら、一夜限りでも自慢になるもんね。あの狂犬隊長、あまりいい噂は聞かないけど、顔と身体だけなら最高だもの」

「まあ、相手がエリーナだからっていうのもあるだろうけどね。彼女、今の部署では魔性の女とかいわれてるらしいし。わたしが男でも、エリーナのあの、たわわなおっぱいを見せられたら、誘いに乗るわよ」

「ちょっと、やめてよ。王宮でおっぱいなんていわないでちょうだい」

「誰も聞いてないって。こんなかび臭い書庫にいるのは、せいぜいネズミくらいなものでしょ」

「あ、これだわ。あったわよ、目録」

「よかった。早く出ましょ。わたし、ネズミは大嫌いなの」


ネズミが好きな人間のほうが珍しいでしょ、などと笑い合いながら、彼女たちは書庫から出て行く。


残されたわたしたちの間には、沈黙だけがあった。

わたしを含めて、三人とも、そろって床を見つめている。もはや誰も何もいえない。

わかっていたからこそ、わたしは上に立つ者として、必死に顔を上げた。

「――わたしたちは、何も聞きませんでした。いいですね、チェスター、コリン？」

二人とも、深く深く頷いた。

◇

その日の晩、わたしは姿見の前に立って、自分自身を見つめ直していた。

今まであまり気にしたことはなかったけれど、改めて見ると、なんということだろう。

たわわどころか、ささやかすぎる。

ドレスを脱いで、夜着をまとうと、上から下まで直線に近い。非常にすとんとしている。

……別に、バーナードと、どうにかなりたいとは思っていない。

それは本心だ。王族であるわたしには、一夜限りの関係だって問題がある。

だけど、彼がたわわ派だと知った後には、無性に悔しかった。


翌日、わたしは、長年の侍女であるサーシャに、それとなく、胸部を増量する方法について尋ねた。

するとサーシャは、まあと喜びの声を上げて、

「姫様も、そのようなことをお気になさる年頃になられたのですね。子供の頃から、権力争いの話ばかりされていた姫様が……、兄君をいかにお支えするか以外のことについて、わたしに尋ねられるなんて……、サーシャは嬉《うれ》しゅうございます」

と、涙ぐんだ。

そんな風にいわれると、まるでわたしが変わり者の姫のようだけど、単に、生まれ育った環境が

悪かっただけだと思う。

お父様は国を荒らし、お母様は離宮に引きこもった。お兄様だけが頼りで、そのお兄様だって、いつ『事故死』にされてもおかしくない綱渡りの状況だったのだ。わたしと同じ環境に生まれたら、誰だって、貴族間のパワーバランスばかり気にする子供に育っていたと思う。

少しばかり憤然としていたわたしに、サーシャは、にこにこと新しい下着を用意してくれた。

底上げができるタイプのものだ。わたしは沈黙した。求めているものはこれではない。自然派を希望しているので、育てる方向でお願いしたい。最初から育成を諦めないでほしい。

わたしがそう、やんわりと伝えると、サーシャは眉間にしわを寄せたのちに「かしこまりました。結果が出るまでには、時間がかかると思いますが、良いストレッチなどもあると聞きます……！必ずしも結果が伴うとは限りませんが……！」と、苦悩する声でいった。

それほど手遅れなのかしら……と、遠い眼になりつつも、わたしはその日からストレッチを始めた。

◇

結果として、二の腕が引き締まり、バーナードには「殿下、こっそり腕立て伏せでもしてるんですか？　そんなことをしても、剣は教えませんよ？」といわれた。

ちょっと腹立たしかった。

あれからも、ストレッチは続けている。

もっとも、育成は、できたような、できていないような、微妙なラインだ。たわわに程遠いことだけは、認めたくないけれど事実である。

あの立ち聞きしてしまった会話を思い出すと、じわじわと妬ましさがわいてきてしまうけれど、バーナードが一般的に見ても格好良いと証明されたことだけは、嬉しくもある。

わたしの親しい人たちは誰も、バーナードの容姿について言及してくれないからだ。

お兄様も「バーナードの顔立ち？　……そうだな、いかにも狂戦士《バーサーカー》という顔をしているな」なんて意味のわからないことをいうのだ。

でも、王宮内の女性官吏からすると、バーナードはすごく格好良いのだ。間違いない。野性味あふれるハンサムだ。やっぱり、百年に一度の美形なのだと思う。

……そんなバーナードと結婚しろと、お兄様はいう。

わたしは、思わずため息をついた。

お兄様の結婚が内定しているなら、早急にわたしの結婚相手を決めて、婚約だけでも発表する必要がある。これはわたしも賛同する。

問題は、わたしに縁談がないことだけど、この際、リッジ公爵のお言葉に甘えてもいいかと思っていた。

……でも、お兄様のあの様子では、リッジ公爵との結婚は認めてくださらないだろう。

確かに、バーナードのことは置いておくとしても、妹に、およそ六十歳近い歳の差婚をさせるのは、お兄様にとって、いささか外聞が悪いだろうとも思う。王家の仲の良い兄妹《きょうだい》と評判だったのが、実は不仲なのかと、無用な勘繰りを招きそうだ。

そうなると、わたしに残された手段としては、バーナードに無理強いをしないために、彼を手放すか、あるいは――……無理強いではなく、本人が望んでくれるように、彼を口説き落とす、か……。

いえ、どう考えても後者の手段は、無理があるでしょう。

せめて胸部の育成に成功していたら、まだ、女の魅力というもので迫れたかもしれないけれど、現状、わたしにある魅力は『王妹としての地位と権力』だけだろう。バーナードが、そのどちらにも興味がないことは知っている。このままではわたしは、地位と権力を盾に、彼に結婚を迫る女になってしまう。それは避けたい。

でも、彼がわたしの傍からいなくなってしまうことも、考えたくない。

そうすると、やっぱり、バーナードを口説き落とすしかないのだけど……。

口説き落とす。

バーナードを。

――――どうやって……!?

しまった。これまで政略結婚しか考えていなかったから、恋愛の仕方もよくわからない。

世の中の恋人たちというのは、どのような流れでお付き合いが始まるものなのだろうか。

わたしが知る中で印象深い恋愛事といえば、反乱軍を相手にしていた頃は「俺には、帰りを待っていてくれる可愛い婚約者がいるんですよ！　こんなところでは死ねません！」と必死に戦っていたチェスターが、いざ王都へ帰還したら、彼女に「どうして戻ってきたの!?」と叫ばれて、その場に崩れ落ちたことくらいだ。交際の始まりどころか、終わりを目撃してしまった。

あぁ、でも確か、あの婚約者の女性が、ほかの男性とお付き合いを始めたきっかけは、エスコートなしで出席した夜会で、一人寂しく、ぽつんと壁の花になっていたところに、声をかけられ、ダンスに誘われたことからだったはずだ。

夜会でダンスに誘う。これならわたしにもできそうな気がする。

わたしも、およそ二年間ほど、誰からもダンスに誘われていない。エスコートはお兄様がしてくれるし、ダンスも、お兄様が気を遣って誘ってくれることはあるけれど、恋愛的な意味合いで考えると、数には含まれないだろう。

王妹という立場上、壁の花になることはないけれど、わたしを取り囲むのは、年齢層の高い方々ばかりだ。夜会で独りきり度数を計測したら、わたしだって相当なものだろう。

わたしからダンスに誘われたら、バーナードだって『ほかに相手がいないんだな』と悟って、わたしの手を取ってくれるに違いない。

そうしたら、わたしは、彼と踊りながら、こう囁くのだ。

『その礼装、よく似合っていますね。今夜のあなたは、とても格好良いわ……』

『いつもの近衛隊の礼装ですよ？　どうしたんですか、殿下。もしかして、俺の目を盗んで酒でも飲みましたか？』

……これは、ちがうわね。バーナードなら、こういうでしょうけど、これはちがうわ。ロマンチックじゃないわ。

もっと別の切り込み方をしよう。そう、たとえば……。

『あなたはダンスも得意なのですね。わたし、胸がドキドキしてきたわ……』

『やっぱり酒を飲みましたね、殿下!?　まったく、油断も隙もないな。あなたは酒に弱いんですから、公式の場では口にしないでくださいと、いつもお願いしてるでしょう！』

……ちがう、ちがうの、やめて、お酒の心配から離れてちょうだい、バーナード……！

わたしは懸命に、想像の中のバーナードに訴えたけれど、彼は酒の影響だと信じ切っていて、早々にダンスを切り上げてしまった。さらには、わたしを控え室へ連れていくと、医者を呼んできてしまう。……という光景まで、目に見えるようだった。

長い付き合いだ。バーナードがいいそうなことも、取りそうな行動も、だいたいわかる。

わたしは思わず額に手を当てた。夜会はダメだ。諦めよう。

もっと、お酒の心配をされない方法がいい。夜会はきっと、夜だからよくないのだろう。

そう、たとえば昼間に、「王宮を抜け出して、一緒に散策へ出かけませんか?」と誘うのはどうだろう。

これは立派なデートのお誘いだろう。バーナードも了承してくれるはずだ。わたしには確信がある。何といっても、今までも何度も実行してきている。

身分を隠して街へ降りて、人々の暮らしを見て回り、ときどき露店などでささやかな品を購入するのは、わたしの楽しみの一つだ。

これなら確実にバーナードも付き合ってくれる。護衛として。

——いえ、護衛ではダメでしょう……!

わたしは頭を抱えたくなった。

バーナードは絶対に同行してくれると思うし、むしろ、彼を置いていくほうが、ものすごく叱られるだろうけど、これはどう考えてもデートではない。ただの王妹と護衛騎士だ。ロマンチックさの欠片《かけら》もない。

――いえ、でも、王妹として見ないでほしいとお願いしたら、ロマンチックになるのではないかしら……!?

今日はお互いに身分を忘れましょう、わたしのことは一人の女として見てほしいの。……と、お願いしてみたら……。

これは重い。重いし、困るだろう。

わたしが男性だったら、仕事上の付き合いがあり、そのうえ、自分より立場が上の相手から、こんな台詞《せりふ》をいわれたら、ものすごく困る。困り果てる。下手なことはいえないけれど、相手の期待には応えられない、お断りの意志は示したい、だけど問題になったらどうしよう等々、弱り切ってしまうだろう。

……最初は、もっと遠回しな方法がいいのかもしれないわ。ダンスやデートは、初手から距離を縮めようとしすぎていたわね。そうだわ、もっと遠回しに、たとえば、プレゼントを贈ってみるとか……。

バーナードが好きなものや、欲しがっているものを贈るのだ。

彼が求めているものといえば、まず、丈夫な剣だろう。剣がよく折れると、前にぼやいていたのを知っている。

「まぁ、折れても、敵から剝ぎ取るからいいんですけどね。戦場で剣の補充に困ることはありませんから」ともいっていたけれど、手持ちに丈夫な剣があったら、それに越したことはないだろう。

バーナードの戦いに耐えうる剣を探して、彼にプレゼントするのだ。彼はきっと、喜んでくれるだろう。そして「ありがとうございます、殿下。この剣で、この先もあなたをお守りします」と改めて騎士の誓いを……。

――いえ、ダメよ、騎士の誓いを立ててもらってどうするの……！　ロマンチックじゃないわ！

わたしは途方に暮れた。

どうしたらいいのだろう。

想像の中のバーナードが、どうやって迫っても、ちっとも口説かれてくれない。

そもそも、彼に、いずれは結婚して家庭を築きたいという、その手の結婚願望はあるんだろうか？

わたしは、頭に入ってこない書類を諦めて机に戻すと、少し休憩するといって、ソファへ移動した。

サーシャが、いつものように最適なタイミングで、新しい紅茶を用意してくれる。

バーナードは、気づかわしそうにわたしを見ていた。彼は、わたしの政務に関しては、わたしから尋ねなければ、口を挟むことはない。護衛としての職分をわきまえており、沈黙を守る。ただ、その眼差しに案じる色が混ざるだけだ。

わたしは、彼のこげ茶色の瞳に、わずかに微笑みを返して、それから思い切って尋ねた。

「バーナードは、将来的には結婚を考えているのですか？」

「……俺の結婚、ですか？　殿下のではなく？」

「ええ、その……、一般的な意見を聞いてみたいと思ったのです。サイモンにも教えてほしいわ。二人とも、結婚に対する考え方や、理想というものはありますか？」

バーナードが、サイモンに顎をしゃくっていった。

「殿下がお尋ねだぞ。答えろ」

「えっ、俺からいうんですか!?　順番的には隊長では!?」

「殿下は一般的な意見が聞きたいとおっしゃっているんだ。どう考えても、俺よりお前のほうが適任だろう」

バーナードも聞かせてちょうだいね、と、わたしがいうと、彼は露骨に嫌そうな顔をした。

どうしたのだろう。結婚願望がないという程度なら予想していたけれど、なにか嫌な思い出でもあるのだろうか。

わたしが内心で首を傾《かし》げていると、サイモンが、ううんと唸りながらいった。

「俺は、家族中から、食の好みを直さないと結婚できないといわれてまして」

「まあ。それほど偏食なのですか？」

「好き嫌いはないんです。ただ、俺、辛党なんですよ。香辛料をぶちまけて、皿を真っ赤に染めて食べるのが大好きなんです。特にフィッテを赤くするのは最高ですね。王宮の食堂ではさすがに我慢してますけど、朝晩は真っ赤にしないと気がすみません」

「まあ……」

フィッテというのは、粉物をよく練って、細長く伸ばして茹《ゆ》でてから、肉や野菜などと一緒に炒める料理だ。ピーネという香草が練り込まれているので、油でいためると、香ばしい匂いが漂って、とてもお腹が空《す》いてくる。

地方へ行くと、それぞれ各地の特色ある味付けもあって面白い。特に沿岸地方では、肉の代わりに魚介類をたっぷり入れたフィッテが味わえる。

フィッテは我が国では定番の食事の一つであり、使われる食材に差はあるものの、平民から貴族まで幅広く親しまれている。

わたしも、王女時代には国内を飛び回っていたので、各地方のフィッテを食べたことがある。ただ、それほど真っ赤なものを見たことはない。というか、基本的に、香辛料を大量に入れて食べる料理ではない。

わたしとバーナードにまじまじと見つめられて、サイモンは照れたように頬をかいた。冗談をいったわけではなく、本気の辛党らしい。意外すぎる。

まあ、こればかりは見かけで判断できるものではないだろうけど、サイモンは、どちらかというと童顔で、可愛らしい雰囲気の青年だ。それほど辛い物が好きだとは思わなかった。

バーナードが、引いた顔になっていった。

「お前、それは、結婚できないな」

「隊長にいわれるとショックがデカいんですけど!? ……そりゃ、家族からは、俺の食べ方を不快に思わない料理人はいないし、奥方もいないだろうといわれてますけど……。でも、探せばきっと、家柄もぴったりで、笑顔が可愛くて、そして辛い物大好きという女の子がいるはずなんです！ 俺はそういう素敵な女性と結婚したいと思ってます！」

サイモンが元気よくいう。

わたしとバーナードは、「そうね、探せばどこかには……」「いないと思いますけど」「きっと辛党の女性もいますよ」「辛党でも嫌でしょう、皿を真っ赤に染める男なんて」と、言葉を濁しつつ頷き合った。

それから、わたしは視線をバーナードへ向けた。

「あなたはどうですか？」

「俺は食べ物にこだわりはありませんよ。食べられるなら何でもいいです。自分の分だけなら、毒入りでも気にしません」

「そこは気にするべきですよ」

「知っているでしょう、殿下。俺は毒の効かない体質です。俺にとっては毒なんて、調味料と変わりませんよ」

　サイモンが「ひえっ、隊長が『どうやっても殺せない呪いの魔剣』って噂は本当だったんだ……」と怯えた声を漏らす。

　わたしは「それでも気にするべきです」と繰り返してからいった。

「話がそれてしまいましたけど、食の好みではなく、結婚に対する考え方について聞かせてくれますか？」

「あー……」

　バーナードは、嫌そうな顔で眼をそらした。なんだろう。それほど苦手な話題だったのだろうか。

「殿下。俺に、一般的意見なんてものを求めるのは、時間の無駄だと思いますよ」

「一般的でなくとも構いません。……でも、無理に聞きたいわけではないですよ。ごめんなさい。突然尋ねるには、不適切な話題でしたね」

「いえ、そんなことはありません。ただ……、なんていうかな」

　バーナードは自分の首筋に手をやり、しきりに目をさまよわせた後で、渋々といった様子で口を開いた。

「……結婚したら、赤の他人と、一緒に暮らす羽目になるじゃないですか」

「そうですね」

「俺は、それが、どうにも気持ち悪くて……。だから、結婚することはないですね」

えっと、声を漏らしたのは、わたしではなくサイモンだった。

だけど、わたしもまったく同じ心境だった。つい、まじまじとバーナードを見てしまう。

結婚を考えていない、あるいは、結婚について考えたことがないという答えだったら、予想していたけれど……、気持ち悪い？

この人は、他人と暮らすことが、それほど苦手だったの？　知らなかった。

バーナードは、困ったようにいった。

「結婚を馬鹿にしているとかじゃないですよ？　俺は、結婚しているかどうかにかかわらず、プライベートで他人が近くにいるのが苦手なんですよ」

そういった途端、サイモンが、ほとんど飛び跳ねる勢いで、バーナードから距離を取った。

「おい、持ち場を動くな」

「だっ、だって、俺、隊長を不快にさせて死にたくないです!!」

「プライベートで、といっただろ。職場では何も思わない。殿下も、殿下が傍にいることは、何の問題もありませんからね。変な気遣いで、俺から離れようなんてしないでくださいね」

念押しのようにいわれて、わたしはなんとか頷いた。

「え、ええ……。あなたが大丈夫だというのなら……。でも、無理はしないでほしいのですけど……」

「無理なんかしてません。あなたが俺から離れるほうが、よほど無理です。そちらのほうが、俺にとっては耐えがたいので、絶対にやらないでください」

バーナードは、苦々しい顔になって、深いため息をついた。

「それに、プライベートでも、ただの人混みや、俺に関心のない人間がいる分には、気にならないんですよ。俺を欲しがる連中が、気持ち悪いだけです」

話の意図を図りかねて、わたしはかすかに首を傾げる。

バーナードは、諦めたように嘆息していった。

「昔……、殿下に出会うより前の、昔の話ですよ。……せっかく確保した寝床に、無理やり押しかけられたとか、そういう類《たぐい》のことが、何度もあったんですよ」

えっと、今度声を上げてしまったのは、わたしだった。

だって、わたしと出会うより前といったら、バーナードは、まだ少年だったはずだ。

「あなたは、自分の歳を覚えていないといいいましたが、おそらく十五歳前後でしたよね……？」

「ええ。ただ、俺は、ガキの頃から、化け物呼ばわりされる程度には強かったんですよ。それで、俺を欲しがる人間が、まあ、うんざりするくらいにはいました。自分の部下になれと押しかけてくる男どももいましたし、逆に配下にしてくれと追いかけてくる男どももいました。俺の女にしてくれと、あぁいえ、その、……俺の恋人になろうと、股を開い……、いえ、あの、服を脱い……、じゃなくて、その、積極的な女性というのもいたんですよ」

初めて聞く話だった。

　わたしが目を見開くと、彼は困った顔をして「あなたの耳に入れたい話じゃなかったですからね。今となっては、どうでもいいことですし」と、取りなすようにいった。

　わたしは、なんと返せばいいのか、言葉が見つからないまま、曖昧に頷いた。

「そんなことが、あったのですね……」

「あぁ、でも、別に、それで女性が苦手になったとか、そういう話でもないですからね？　俺は、割り切った関係ならいいんですよ。お互いに楽しんで終わりならいいんです。双方に対価があるなら真っ当でしょう。ただ、下心丸出しで、自分のものになってくれだとか、あるいは、俺のものにしてくれだとか、そういうのが気持ち悪くて苦手なんですよ」

　サイモンが、バーナードを見上げて、しみじみといった。

「隊長も苦労されてきたんですね……。モテ自慢にも聞こえますけど……」

「あのな、自分に何のメリットもないのに、愛だの情だのを持ち出して、あなたが欲しいだの迫られてみろ。普通に気持ち悪いぞ」

「えー、俺は嬉しいですよ。好きっていわれたら、好きになっちゃうかも。恋愛じゃなくても、自分の実力を認められて、雇いたいっていわれたら、悪い気はしないです。隊長は、そういうことはないんですか？」

「俺は愛だとか恋だとかはわからん。雇いたいといわれても殺意しかわかない。お前がいうような情は抱いたことがないから、ひたすらに気持ち悪いだけだ」

「そっ、そうなんですか!? ひええ、隊長が『間違えて人間に生まれてしまった』という噂は、本当だったんですね……」

「まあ、そうかもな」

そうなのか。知らなかった。知らなかったから。

——わたしも今まさに、愛や恋を持ち出して、バーナードに迫ることを考えていた。

彼に何のメリットもないのに、わたしと結婚してほしいと望むことを、考えていた。

指先が震えてしまいそうになるのを、渾身《こんしん》の理性で抑えつける。荒れ狂う胸の内を、ひとしずくも外へ出さないように、笑顔という堅強な壁を作る。

わたしは、にこにこと笑みを保って、二人の会話を聞いていた。

全身全霊で、微笑み続けた。


バーナードに、何も気づかれてはいけない。

何一つ、この気持ちを悟られてはいけない。

知られたら、すべて終わってしまう。わたしたちが培ってきた信頼関係も壊れて、彼にとっては今までの思い出にさえ、不快さが混じってしまうかもしれない。

よかったと、思った。

彼を口説こうなんて愚かな行動に出る前に、彼の気持ちを知ることができて、本当によかった。

心から、そう思った。

バーナードは、わたしへ視線を戻すと、顔をしかめていった。

「お疲れですか、殿下？」

「いいえ。大丈夫ですよ」

「殿下の大丈夫は信用できません。少し休まれたらいかがですか」

「休憩なら、今しましたよ。そろそろ仕事に戻ります」

バーナードは、不満そうな顔をしたけれど、それ以上強くはいわなかった。いってもわたしが聞かないことは、彼もよくわかっている。

バーナードは、しばらく押し黙った末に、感情のこもらない静かな口調でいった。

「結婚についてなら、チェスターに直接聞いてみたらいかがですか？」

「チェスターに……？　どうして？」

わたしは、うまく思考が回らないまま、ぼんやりと尋ねる。

バーナードは、今度は、眉間にしわを寄せて答えた。

「チェスターにも考えさせるべきでしょう。あなたが一人で抱え込むことはない」

その声には、なぜか、怒りがこもっているように感じた。

でも、実際にどうなのかはわからない。今のわたしは、冷静になれていない。それは自分でも自覚できていた。

……チェスターに、何を考えさせろというのだろう？　わたしの結婚について？

あぁ……、そうか。もしかしてバーナードは、彼がわたしの元を去った後のことについていってているのだろうか？

お兄様の事情も、わたしに縁談が来ないことも、バーナードは知っている。この問題を解決する方法は一つだ。それは間違っても、わたしが彼と無理やり結婚することじゃない。

方法は一つ。

バーナードが、わたしの傍からいなくなることだ。

皆が恐れているのは彼なのだから、彼が去ったなら、わたしのもとへは、ありふれた政略結婚の縁談がやってくるのだろう。

そして、バーナードがいなくなったら、チェスターが隊長になる。今後のことについて、二人でよく話し合っておいたほうがいいという意味なのかもしれない。

わたしは、頭の片隅でそう考えて、バーナードに頷いてみせた。

◇

夜の帳《とばり》が落ちて、空には、か細い三日月だけが輝いている。

一日の政務を終えて、わたしは寝室で一人、ベッドに腰かけていた。

睡魔はなかなか訪れなかった。

まだ、気が張り詰めているのだろうか。もう、誰の眼もないというのに。

それとも、このショックを受け止めきれていないせいだろうか。

「……馬鹿だわ、わたし」

ぽつりと、知らずに声が零れた。

馬鹿だった。こうして目の前に突きつけられるまで、気づかなかった。

バーナードと、どうにかなりたいとは考えていないつもりだった。政治のための結婚をするつもりだった。覚悟していた。割り切っていた。

それは本心で――――でも、本当に、それだけ？

片手で口を押さえる。嗚咽《おえつ》が零れてしまいそうだったから、強く、強く押さえた。

……本当は、どこかで期待していた。彼がいつもわたしを助けてくれるから。いつだって守ってくれるから。わたしを見る瞳が優しいから。わたしを特別に扱ってくれるから。だから……。

――――わたしが好きだと伝えたら、あなたも、わたしとの関係を考えてくれるかもしれない。女性として意識してくれるかもしれない。いつかは、振り向いてくれるかもしれない。いつか、あなたが、わたしを好きだといってくれるかもしれない。

そんな、浅ましい期待をしていた。望んでいないといいながら、割り切っていると思いながら、心の片隅にはずっと、愚かな夢を見てしまうわたしがいたのだ。自制心で殺しきれなかった〝わたし〟が。

震える呼吸を押し殺して、ベッドの中に潜り込んだ。

早く眠ってしまおう。明日も忙しいのだから、寝たほうがいい。こんなことばかり考えていては駄目だ。引きずらないで、忘れるべきだ。

――だって、そうでしょう？　これはもう、終わった恋なのだから。

……眠りが浅かったせいだろうか。

その夜は、夢を見た。

昔の夢だ。

バーナードと、初めて会ったときの夢。

わたしが、和平交渉のために訪れたはずの塔は、すでに反乱軍に囲まれていた。罠《わな》だったのだ。チェスターも、サーシャも、必死に、わたしを逃がそうとしてくれたけれど、逃げ道がないことは誰の目にも明らかだった。

こんなところで死ぬわけにはいかない。わたしが死んだらお兄様が一人になってしまう。わたしはまだ死ねない。何が何でも生きなくては。……そう、思いながらも、状況が絶望的であることは理解していた。

チェスターは、せめて時間を稼ごうと、わたしを塔の最上階へ連れていった。けれど、敵が最上階へ駆け登るまでのわずかな時間で援軍が到着すると考えられるほど、わたしも楽観的ではいられなかった。

サーシャは、わたしに、守り刀を渡した。それが意味するところは、明らかだった。

わたしは、サーシャがくれた短剣を握りしめたまま、じっと扉を見つめていた。

敵が、あの扉を蹴破ってきたら、それが最後だ。

お兄様に、心の中で謝った。これ以上、お兄様の力になれないのだということだけが、申し訳なく、悔しかった。

……そして、そのまま、どれほどの時間が過ぎたことだろう。

わたしは、やがて、困惑とともに、サーシャを見つめた。

サーシャもまた、怪訝な顔になって、扉の向こうを窺《うかが》っていた。

戦は間違いなく始まったはずだった。兵士たちの雄叫《おたけ》びも、怒号も、駆けていく足音も、まるで地響きのように塔に反響していた。わたしたちは、その音が、この最上階へ到着する瞬間を、じっと待ち構えていたはずだった。

けれど……、今や、すべての音が遠い。少しずつ、戦の騒乱は遠ざかっていった。

今は、ひどく静かだ。しんとしている。いったい何が起こっているのか。

わたしは短剣を握りしめたまま、意を決して立ち上がった。

「姫様！」

サーシャが咎《とが》める声を上げる。

けれど、わたしは扉を開けた。

「ここで待っていても、状況はわからないでしょう。サーシャ、わたしは行きます」

塔を降りていく。味方の兵士たちの亡骸《なきがら》や、負傷者の呻き声の間を縫って、ひたすらに駆け降りていく。サーシャは悲鳴を上げながらも、わたしの後をついてきた。

わたしが地上へ足をつけて、塔を飛び出すと、そこには剣を構えたままのチェスターがいた。彼は、いつになく青ざめた顔をして、震える手で剣を握っていた。まるでその先に、なにか恐ろしい怪物でもいるかのように。

チェスターは、わたしを見つけると、ぎょっとした顔になって叫んだ。

「出てきてはいけません！　戻ってください！　――っ、いえ、今すぐここを離れて！　サーシャ、行け！　その方を連れて逃げろ！」

わたしは、チェスターが何をそれほど恐れ、案じているのか、すぐに気づいた。

チェスターが剣を向ける先、やや離れた場所には、一人の少年がいた。

少年は、反乱軍の亡骸の中に立っていた。

わたしは、戦の音が聞こえなくなった理由を理解した。わたしに同行していた兵たちの被害も大きいが、反乱軍に至っては、もはや息をしている者は一人もいないだろう。そう思うほどに、見渡す限りの死体の群れだった。おびただしい血が流れていた。あまりに凄惨《せいさん》な光景に、わたしは、息を吸うだけで、えずきそうになった。

少年は、全身を真っ赤に染めていた。その手に握った剣からも、生々しい血が滴り落ちていた。

少年のがらんどうのような、感情のない瞳が、こちらを向く。

それは確かに、膝が震えそうになるほど恐ろしかった。
――そして、わたしは、一歩踏み出した。

第3章

ベッドの中で涙を零しても、平等に朝は来る。

今日の護衛騎士は、バーナードとチェスターだった。

わたしは、バーナードの顔を見るだけで、心がぐちゃぐちゃになりそうで、意識をそらすために、必死に政務に集中した。

昨日のことを、わたしは未《いま》だに消化できていなかった。考えないようにすることだけが、わたしにとって精一杯だった。

いつも通りの忙しいスケジュールをこなして、昼過ぎに、ようやく一呼吸つく。

すると、タイミングを見計らっていたかのように、チェスターから声がかかった。

「殿下。少しお時間をいただいてもよろしいでしょうか？」

「構いませんよ」

「……もし、よろしければ、人払いをお願いできますか？　二人きりで話をさせていただきたいのです」

わたしが書類から顔を上げると、チェスターは妙にこわばった顔をしていた。

バーナードは、特に顔色を変えない。口を挟んでくることもない。それを怪訝に思いながらも、わたしは室内にいた補佐官に、しばらく退出してくれるように頼んだ。

バーナードだけは反対するだろうと思ったけれど、彼は淡々といった。

「俺も出ています。何かあれば、すぐに呼んでください」

珍しいこともあるものだ。

いくらチェスターが相手でも、彼が、わたしと誰かを二人きりにすることに躊躇しないなんて。

わたしは、引き留める言葉も思いつかずに、バーナードの背中を見送った。彼は、いつも通りの、背筋をびしりと伸ばした姿勢で、扉の向こうへ姿を消した。

これで、二人きりだ。

チェスターが、わたしの机を間に挟んで、正面に立つ。

それから、ひどく真剣な眼差しで、わたしを見た。

「殿下が、結婚について悩まれていると伺いました」

「ええ、まあ……。昨日、そんな話はしましたが……」

わざわざ二人きりになって、切り出すような内容だろうか？

わたしが困惑していると、チェスターは意を決したように口を開いた。

「陛下から殿下へ、縁談のお話があったのでしょうか？」

「……あなたは、何を聞きたいのですか、チェスター？」

「俺は、祖国と王家へ忠誠を捧《ささ》げた身です。陛下のご命令とあらば、覚悟はできております。どうか、遠慮なくおっしゃってください。俺へのお気遣いは無用です。俺とて、隊長が恐ろしくないとは口が裂けてもいえませんが、俺しかいないことはわかっています。この国のためならば、俺は、俺は、謹んで、ご命令を承ります―――っ！」

チェスターが、くっと呻きながら、まるで死を覚悟したかのような形相でいう。

わたしは、しばし呆気《あっけ》にとられた。それから、昨日の会話を思い出し、おおよその見当をつけると、チェスターを押し留めるように、小さく片手を上げた。

「何か誤解があるようですが……。チェスター、ルーゼン公爵家の三男であるあなたが、わたしの近衛隊にいるのは、わたしと結婚するためだと、一部の者たちが勘ぐっていることは知っています。ですが、それは、根も葉もない噂ですよ」

「えっ……、えっ!?」

チェスターが、ぱかっと口を開いて叫んだ。

「根も葉もないのですか!?」

「ありません」

わたしは苦笑してしまった。

どうりで、妙にこわばった顔をしていると思った。

「だいたい、わたしとの結婚なんて、あなたのお父様も、お兄様方も、反対されるでしょう?」

「ええ、ですから、その点も含めて、余計に殿下は悩んでおられるのかと……。本当に、違うのですか?」

わたしは、笑いながら頷く。

チェスターの身体から、へなへなと力が抜けた。

「そ、そうでしたか……。あぁ、俺は、てっきり……」

「陛下は、ルーゼン家との関係を悪化させたいとは考えていませんよ」

わたしが、あえて軽い口調でいうと、チェスターは、がくりとうなだれた。

「本当に申し訳ありません……。ただ、父も、兄たちも、今でこそ、俺に、殿下とだけは親しい仲になってくれるなと懇願してくるほどですが、あの夜会の前は、正反対の姿勢でしたので……。今さら、手のひらを返しても遅いと、陛下が判断されたのかと思っていました」

「正反対の姿勢? でも、あなたには婚約者がいたのに?」

「ええ……。彼女の家に圧力をかけることもなく婚約解消を認めたのは、どうも、殿下との結婚のほうが利があると判断していたからだったらしいんですよ。そのくせ、あの夜会以降は、一刻も早く近衛隊をやめろとせっついてきていましてね。自分の親ながら、うんざりしますよ」

チェスターが、げっそりとした顔でいう。

それから、彼は軽く首を傾げた。

「隊長からは、殿下が結婚について悩んでいると伺ったんですが……、隊長の誤解でしたか？」

わたしは、思わず押し黙った。

もしかして、バーナードも、わたしとチェスターが結婚予定だと勘違いしているのだろうか？

昨日、「チェスターにも考えさせるべきだ」といったのは、そういう意味だったのか。あぁ、彼にしては珍しく席を外したのも、そういう理由だったのか。

納得するのと同時に、わたしは嘆息した。

やはり、きちんと一度、バーナードと話をしなくてはいけないだろう。

本当は、自分から切り出したい話ではなかった。彼がすでに事情を察しているなら、それで十分だろうと思いたかった。何も話す必要はないなんて、逃げるように考えていた。

でも、チェスターが結婚相手だと思っているなら、バーナードはまだ、わたしの傍にいてくれるつもりなのだろう。

それでは駄目なのだと、彼に伝えなくてはいけない。

彼にある選択肢は、わたしに結婚を無理強いされるか、わたしの元を去るか、そのどちらかだ。どちらかしか、バーナードは選べない。

最低だ。

今まで一心に尽くしてきてくれた彼に対して、最低の仕打ちをしようとしている。わかっている。

だけど、わたしも、王も国もどうでもいいから、わたしの傍にいてほしいとは、いえない。

護衛騎士としてでいいから、傍にいてほしい。それ以上は望まないから。今の関係のままでいいから。あなたがいてくれたら、それだけでいいから……とは、いえないのだ。

たとえ、ベッドの中で、泣きながらそう考えたとしても。


わたしは、しばらく沈黙した後に、口を開いた。

「チェスター。バーナードを呼んでください。彼に話があります。彼だけを呼んで……、それから、あなたも残ってください」

バーナードは、言い訳をしない。説明もしない。だから、チェスターに証人になってもらったほうがいい。

彼が去るときが来ても、誤解を招くことのないように。すべての咎《とが》は、わたしにあるのだと、近衛隊の皆にも伝わるように。

お兄様は、バーナードは追放しても投獄しても、わたしの元へ戻ってくるといった。

それは正しい。

だけど、わたしは知っている。

バーナードは、わたしの命令ならば、従うのだ。

◇

「お呼びですか、殿下？」

「ええ。……ソファで、話しましょうか。あなたも座ってください、バーナード」

こんなときくらい、目線の高さをそろえて話をしたかった。

バーナードは、怪訝な顔をしたけれど、問いかけてくることはなく、ソファに腰を下ろす。

わたしは、ローテーブルを挟んで、その真向かいに座った。

「バーナード。……まず、最初にいっておきますが、わたしとチェスターに結婚の予定はありません。お兄様も、そのようなことは考えていません。一部の者たちが噂していることは知っていますが、まったくの誤解です」

バーナードが、思わずという風に、後ろを振り返る。

扉の前に立っているチェスターは、安堵《あんど》に緩んだ顔で、深々と頷いた。

バーナードは視線をこちらへ戻すと、こげ茶の瞳に驚きを滲ませていった。

「申し訳ありません、殿下。俺は、てっきり……」

言葉を濁すように、バーナードは口元にこぶしを当てる。

それから、戸惑った顔でわたしを見た。

「では、殿下が悩まれていたのは、ご自身の結婚についてではなかったんですね？」

「いえ、わたしの結婚についてですよ」

わたしは、できる限りの冷静を装っていった。

「陛下は、わたしに結婚を命じられました。その相手は、あなたです、バーナード」

バーナードは、自分の耳を疑うような顔をした。

わたしは、彼が言葉を発するよりも先に、口を開いた。

「わたしは早急に身を固めなくてはいけません。そういった状況になりました。ですから、お兄様は、わたしに、あなたとの結婚を命じました。あなたも知っている通り、わたしに縁談はありませんから。――――ですが、あなたに結婚を無理強いするわけにはいきません」

わたしは、まっすぐにバーナードを見つめた。

彼は、ただ、驚いた顔をしていた。

わたしは、自分が今、どんな表情をしているのかもわからないまま、決定的な言葉を口にした。

「あの日に預かったあなたの人生を、いま返します。バーナード、わたしの元を去りなさい」

わたしは、ひときわ冷淡にそういい放ってから、まるで、せめてもの詫《わ》びのような言葉を吐いた。

「退職後については、できる限り力になります。どこへでも紹介状を書きましょう。当面の生活に不自由することのないように、十分な退職金もお支払いします。もし、あなたが望むなら、お兄様に掛け合って、領地を与えることも……」

「あー、待ってください、殿下」

バーナードは、軽く手を上げてわたしを制すると、普段通りの口調でいった。

「話はわかりました。つまり、殿下は兄君から、俺との結婚を命じられたんですね」

「ええ」

バーナードは、なるほどと頷いた。

「なるほど、なるほど。じゃあ、俺はちょっと、兄君とお話ししてきますね」

「バーナード」

「首を刎ねたりしませんよ。平和的に話し合いをして、馬鹿げた命令を撤回してもらうだけです」

そう腰を浮かした彼に、わたしはもう一度、強い口調で、その名を呼んだ。

「バーナード、そのような振る舞いは許しません。……あなたの怒りはもっともです。これが理不尽な仕打ちであることは、わたしも重々承知しています。あなたの忠誠と献身を裏切る所業です。ですが……、ほかに方法がないのです」

バーナードは、苛立《いらだ》った様子で、首を横に振った。

「だから、それが受け入れられないといっているんですよ。どうしてチェスターじゃ駄目なんですか。あいつが近衛隊にいるのは、いずれ殿下の夫になるためじゃなかったんですか」

「チェスターでは、ルーゼン家が認めません。お兄様もわたしも、公爵家との関係にひびを入れたくはありません」

バーナードは、喉の奥でぐるると唸った。

わたしは、震えそうになる息を抑えつけて、彼の返答を待った。

彼は、沈黙の後に、張り付けたような笑みを浮かべていった。

「仕方ないな。できたら、やりたくないことでしたけど、こうなっては仕方ない」

「……ありがとう、バーナード。そして、ごめんなさい。せめて、退職後については、あなたの希望に沿えるように、最大限のことを」

「退職なんかしませんよ。あぁ、でも、しばらく殿下の傍を離れることになるから、休職扱いにはなるんですかね？　できるだけ早く帰ってきますけど、俺がいない間は、お忍びで散策に出るのは控えてくださいね」

「……なにをいってるの、バーナード……？」

わたしは、意味を摑《つか》めずに、眉根を寄せた。

バーナードは、いつも通りのあっさりとした口調でいった。

「元凶を取り除いてきます。北のハルガンと、西のターイン。二人の王の首を落とせばいい。正々堂々と、正面から王城へ乗り込んで、歯向かう連中は皆殺しにしてきます。それで、殿下の兄君がいつ結婚しようと、文句をいう連中はいなくなるでしょう」

扉の前で沈黙を守っていたチェスターが、さすがに息を呑《の》んだ。

わたしは、思わず額を押さえた。

バーナードが馬鹿なことをいっている……とは思わない。いっそ、そう思えたら楽だったのかもしれないけれど、わたしは知っている。バーナードは、しようと思えば、それができる。

バーナードの実力を知る人々の大半は、彼を恐れて目をそらす。けれど、ごく一部の者たちは、畏敬を込めて彼を見上げる。そして囁き合うのだ。

「あれほどの実力があって、どうして国を獲《と》らないのだろう。どうして、王妹の近衛騎士などに甘んじているのだろう。あの男に殺せない敵はいない。あの男には、一から這い上がっても、玉座を奪う力があるのに！」と……。

バーナードがその気になったなら、二国の王を殺し、歯向かう者たちも殺しつくして、両国に沈黙を強いることも可能だろう。何なら、あの二国を、我が国の属国へ落とすことすらやってのけるかもしれない。

だけど、わたしは、そんなことはしたくない。そんな真似を、わたしの騎士に許すこともできない。

「バーナード、他国への侵略行為は認めません。あなたがわたしの騎士である間は、わたしの命令には従ってもらいます」

「では、命令通りに、あなたの元を去れと？　それがあなたの望みだというんですか、殿下？　――違うはずだ。本心では、俺に残ってほしいと望んでいるはずだ。俺ほど優秀な護衛がほかにいますか？　あなたの剣として、俺ほど役に立つ男がほかにいますか？　いないでしょう」

バーナードは、ぎらぎらとした眼で、食い入るようにわたしを見た。

「本心をいってください、殿下。俺は、あなたの望みに従います。あなたの命令ではなく、あなたの心に」

わたしは、一度、眼を閉じた。

深く息を吐き出して、深く吸い、それから瞼《まぶた》を上げる。

愛《いと》しいこげ茶色の瞳を見据えて、わたしは、揺るぎなく告げた。

「これがわたしの本心です、バーナード。わたしがあなたに与えられる選択肢は、二つしかありません。わたしと結婚するか、わたしの元を去るか。そして、結婚があり得ない以上、あなたは去るしかないのです」

バーナードは、大きく眼を見開いて、わたしを見つめた。

わたしは、冷徹な表情で、彼の眼差しを受け止めた。彼のその傷ついた瞳を。

わたしにできることは、もう、それしかなかった。

やがて、バーナードは、はっと短く笑った。それから、ははっと、乾いた笑い声を続ける。

「……そういう、ことですか」

彼は、くつくつと喉を鳴らし、おかしくてたまらないというように笑っていた。

それは、ゾッとするような響きだった。笑い声なのに、まるで手負いの獣の咆哮《ほうこう》のように聞こえた。

扉の前のチェスターが、顔をこわばらせてこちらへ来ようとする。

それを視線だけで止めて、わたしはバーナードへ尋ねた。

「なにか、面白いことが、ありましたか？」

「ははっ、……だって、ねえ？　要するに、こういうことでしょう？　殿下は俺が邪魔になったと」

「違います！」

咄嗟《とっさ》に否定する。

けれど、バーナードは、まるで信じていない瞳で、冷ややかにわたしを見つめた。

「最初からそういってくれたら、話が早かったのに。俺が邪魔になったから出て行けと、そういってくれたらよかったんですよ。回りくどい言い方をするからよくない。そんなに、お優しいふりをしたかったんですか？」

「バーナード、わたしは……！」

——わたしは、なんだ？　なにがいえる？

わたしがしている仕打ちは、彼から見たら、そうとしか思えないだろう。どんな言い訳をしても、バーナードにとっては、切り捨てられるのと同じことだ。

言葉をなくしたわたしに、バーナードは、いっそ優しい声でいった。

「いいですよ。出て行って差し上げます。でも、最後に殿下の口から、はっきりといってください」

「……なにを？」

「俺が邪魔だと。目障りだから出て行けと。そういってください。そうしたら、大人しく出て行って差し上げますよ」

思わず、息が、止まった。

彼を、邪魔だと？　ずっと傍にいてほしかった人に、そういえと？

どうして、そんな残酷なことを望むのだろうと思った。

そうして、本当に残酷なのはわたしのほうだと思い直した。

わたしはせめて、彼の望みを叶《かな》えるべきだ。そのくらいしか、できないのだから。

……だけど、声が出ない。息がうまくできない。唇が震えた。いえ。いってしまえ。そう頭では命令しているのに、動けない。

ただ、馬鹿みたいに瞬いていると、バーナードは、少し怯《ひる》んだ顔をした。

「……そんな顔をしたって、無駄ですよ。俺はもう、あなたの騎士じゃなくなるんですから」

わたしは今、どんな顔をしているのだろう。

憐《あわ》れみを誘うような顔だろうか。行かないでほしいと縋《すが》るような顔だろうか。弱々しく、情けない顔をさらして、慈悲を乞《こ》うように、彼を見ているのだろうか。

「隊長、もういいでしょう……！」

扉の前のチェスターが、たまりかねたように動く。

わたしは片手を上げた。チェスターを制して、そして、深く息を吐き出した。

震える息で、それでも必死にバーナードを見つめた。口を開く。いおうとした。彼が望む言葉を。

「わたしは、あなたが……」

そのとき、バーナードが、諦めたような優しい顔をした。

頭の中はぐちゃぐちゃだった。心の中も嵐のように乱れていた。

だけど、彼のその寂しげな瞳を見たとき、かちりと、なにかが回る音がした。なにかが嚙《か》み合って、なにかが動いた。


——わたしができることは、これしかない？


違う。もう一つある。たとえこれが、わたしたちの思い出まで汚す行為だとしても、それでも。

今ここで、この人に、こんな悲しそうな顔をさせているよりは、ずっといい。

「本心をいいます、バーナード」

一度、強く目をつむると、その拍子に、目尻からボロボロと水滴が零れ出た。

瞼を上げると、ひどくうろたえた様子のバーナードが眼に映ったけれど、わたしは構わなかった。

身体の震えが、いつの間にか収まっている。

「あなたのいう通り、最初から、本心を伝えるべきでした」

「――いいです、殿下。もういいです。俺が悪かった。俺だって本気で、あなたが本心から、俺を捨てたがっていると思ったわけじゃない。事情があるのはわかっているんだ。ただ、そうでも思わないと諦めがつかなかったから、あんたのせいにした。悪かった、姫様。泣かないでくれ。俺が悪かったよ」

「バーナード、聞いてください」

ふーっと深く息を吐き出して、わたしはいった。

「わたしはあなたが好きなのです。ずっとずっと好きなのです」

一生いうことはないと思っていたのに、口にすると、滑らかに言葉が出た。

「念のために付け加えますが、ここでいう好きは、護衛騎士へ向ける親愛ではなく、恋愛の好きですよ。率直にいうと、あなたとベッドを共にしたいという意味の好きです。残念ながら、わたしはたわわではありませんが」

「――……………はっ？」

バーナードが、彼にしては非常に珍しく、間の抜けた声を上げた。

わたしは気にせず続けた。

「お兄様から、あなたとの結婚を命じられて、一度は、あなたを口説き落とすことを考えました。

さまざまなアプローチを検討しました。ですが、あなたの結婚観を聞いたことで、あなたに無理やり迫ってはいけないと、考えを改めました」

「はっ……？　はっ？　――待て、待ってくれ、姫様、じゃなかった、殿下。あなたが何の話をしているのか、俺にはさっぱり」

「あなたが好きだという話をしています、バーナード」

彼はまるで、敵から渾身の一撃でも受けてしまったかのように、大きく呻いた。

もっとも、わたしは、実際にバーナードが一撃を受けるところなど見たことがないので、的を射た比喩かどうかはわからない。

「先ほどもいった通り、わたしがあなたに与えられる選択肢は、二つしかありません。そして、バーナード。あなたはここに残ると、わたしに結婚を迫られます。それは、あなたにとっては気分の悪いことでしょうし、わたしもあなたを不快にさせたくはありません。好きな人には、できることなら、こちらを好きでいてほしいですからね。たとえ、好きの意味が違っていても」

バーナードが、いつになく狼狽《ろうばい》した顔で、口を開いては閉じることを繰り返している。

わたしは、少しばかり愉快な気分になって、最後までいいきった。

「これがわたしの本心です。さあ、バーナード。わたしに力ずくでモノにされたくなかったら、大人しく出て行くのです！」

わたしがビシッという。

バーナードは、愕然《がくぜん》とした顔になって叫んだ。

「───力ずくって、あんたのその細腕で、どうやって!?　どうやって力ずく!?」

「隊長！　尋ねるところはそこじゃないでしょう！　しっかり！　正気を保《たも》って！」

チェスターがバーナードに声援を送っている。

わたしは、ふふんと、胸を張っていった。

「わたしは王妹ですよ。権力にものをいわせて、あなたに無理強いすることもできるのです」

「いや、だから、どうやって……!?　どうやって無理強いを……!?」

「殿下、王宮中の兵士をかき集めても、隊長相手に力ずくというのは不可能かと……！」

案じるチェスターに、わたしは大らかに笑ってみせた。

「大丈夫ですよ。バーナードは、わたしの命令には従うでしょう」

「はあ……、そりゃ、従いますけど……」

「従った結果が、無理やりの結婚なんですか……？」

わたしは、大きく頷いた。

「そうです。バーナードは、今ここで立ち去らないと、わたしに、その、あの……、てっ、てごめにされて、既成事実を作られてしまうのですよ！」

「いや、だから、無理だって。やれるもんならやってみろよ、姫様。無理だけどな。……あー、いえ、無理だと思いますよ、殿下。絶対に無理です。あなたがその細腕で俺をどうこうしようなんて、天地がひっくり返っても不可能です」

「殿下、口にしづらいなら、無理をして『てごめ』なんていわなくていいんですよ……」

なんてことだろう、チェスターに慰められてしまった。

それに、バーナードは、わたしを侮っていると思う。

わたしだって、彼に動かないように命じて、自分から頑張ってアレコレすることはできるのだ。

たぶん、きっと、できると思う。経験はないけれど、そういう話を耳にしたことはあるから、わた
しにだってできるはずだ。バーナードが、そのときになって後悔しても遅いのだ。

わたしは、こほんと咳払いを一つして、仕切り直すようにいった。

「話が少々それてしまいましたが……」

「だいたい、『てごめ』なんて言葉をどこで覚えてきたんですか、殿下。まさか、殿下に向かって、
そんなことをいった屑《くず》が、いるんじゃないでしょうね？」

「隊長、いま追及するところはそこじゃないでしょう……！」

「話がそれてしまいましたが！」

「はい、殿下」

「はっ、申し訳ありません」

わたしは鷹揚《おうよう》に頷いて、それから改めてバーナードを見つめた。

こげ茶色の瞳はもう、先ほどのような悲しい色は浮かべていなかった。困惑には満ちていたけれ
ど。

わたしは、それが嬉しくて、自然と微笑んだ。

「バーナード、あなたをずっと見てきました。あなたはわたしの最高の騎士です。あなたのことを、誇りに思っています。できることなら、わたしも、あなたが誇れる主《あるじ》でいたかったけれど、でも、これでよかったのだと思います。初めから偽りなく、本心を伝えるべきでした。だから……、どうかもう、行ってください。退職後のことについては、できる限り、あなたの力になると約束します」

バーナードは天を仰ぎ、呻き声を上げた。

それから、わたしを見ていった。

「本気ですか、殿下？　本気で俺の心が欲しいと？」

「ええ、そういいました」

「一時的に預かるのではなく、俺の人生が欲しいですか？」

失恋は決定しているというのに、念押しするとは、バーナードも少しばかり手厳しい。

わたしが黙って頷くと、彼はいった。

「では、あの日の約束通りに――――、あなたに預けていた俺の人生を、返していただきます」

わたしは精一杯の微笑みを浮かべて、その言葉を受け入れた。

バーナードが立ち上がる。

出て行くのだろうと、その背中を見送るつもりでいたのに、なぜか彼は、わたしの傍へ来た。

そして、わたしの足元に片膝をつくと、わたしを見上げていった。

「俺は俺の意志で、あなたに差し上げます。どうか、今度こそ受け取ってください。俺のすべては、あなたのものです、アメリア様」

眼を見開いたわたしに、バーナードは、悪戯《いたずら》っぽく笑っていった。

「本当は、もうずっと、俺はあなたのものでしたよ、姫様。——俺は、愛も恋もわからない男ですが、あの日からずっと、俺の世界の中心には、あなたがいるんです。あなただけがいて、俺に微笑んでくれている。この想いを、愛と呼んでもいいのなら……、ずっと、あなたを愛していました、殿下」

第4章

胸の奥が、からからと鳴る。

冷たい風が通り抜けては、からからと。

俺は、物心ついた頃から、ずっとその音を聞いていた。

親の顔は知らない。気づいたときには、ゴミ溜《だ》めのような場所で剣を振るっていた。

俺に殺せない人間はいなかった。俺を傷つけられる人間もいなかった。敵が一人だろうと、徒党を組んでいようと、俺には同じことだった。何人いようと、何十人いようと、俺は変わりなく殺せた。

望みはなかった。手に入れたいものも、叶えたい目的もなかった。

ただ、面倒なことだけがあった。

俺を恐れる連中はいい。俺を化け物と呼んで、逃げまどう奴らもいい。

不快なのは、俺を欲しがって、手を伸ばしてくる屑どもだった。

「お前の剣は素晴らしい。俺の部下になれ。褒美は望むままに与えてやる。俺のものになって、俺に逆らう者どもすべてを殺しつくすのだ」

そう、俺の寝床まで押しかけてくる馬鹿もいた。

「信じられねえ。あんなわずかな時間で、全員殺したのか。すげえよ、あんた。頼む、あんたの部下にしてくれ。あんたの腕に惚れたんだ。あんたに一生ついていくぜ」

そう、こびへつらうゴロツキもいた。

「すごいよあんた、あっという間にみんな殺しちまった。あんた強いんだね。ねえ、あんたに惚れちまったみたい。あんたの初めての女になってあげるよ」

そう、のしかかってくる女もいた。

最初の頃は、片っ端から首を飛ばしていたが、そのたびに、俺はため息をつく羽目になった。せっかく確保した寝床が汚れたからだ。血も死体も何も感じないが、臭いベッドで寝る趣味はない。

あちらこちらを転々としながら、そのうち俺は、多少の妥協はしようと考えた。

俺の寝床へ入ってこなければ、全員無視する。

押しかけてこようと、何をほざこうと、俺の寝る邪魔をしない限りは殺さないでやる。

そういえば、誰もが引きつった顔で頷いた。

しかし、これもあまりうまい作戦ではなかった。俺はすぐに後悔した。

勝手に俺を頭目と呼ぶようになった屑どもが、どんどん数を増やしていって、俺が放っている間に一大勢力になっていたからだ。敵対組織だと自称する屑どもに抗争を仕掛けられて、俺はうんざりしながら、全員の首を飛ばした。

その後は、とにかく、一ヶ所に長く留まらないと決めた。


胸の奥が、からからと鳴る。

冷たい風が通り抜けては、からからと。


俺は、俺を欲しがる誰も彼もが、気持ち悪かった。

死体に這う蛆虫《うじむし》を眺めても、何も感じない俺だが、どうにもあの連中の、下心がむき出しの眼は、気持ち悪くてたまらなかった。

俺を利用したいと、素直にいうなら、まだマシだ。

俺を欲しがる連中は皆、俺を褒め称《たた》えた。素晴らしいと。神に与えられた力だと。その強さがあれば何でも望みは叶うと。そう褒め言葉ばかりを口々に吐き出しながら、恐怖と欲望の入り混じった眼で、俺を見るのだ。

『欲しい』

『その力が欲しい』

『こいつがいれば、誰だって殺せる。怖いものなしだ』

『このガキが欲しい。このガキの力が欲しい』

『こいつを自分のものにできたら、強大な力が手に入る。一国を獲れるほどの力だ！』

『こいつがいれば、逆らう奴らは皆殺しにできる！　こいつが欲しい！』

——のちに、殿下の騎士となった後で、『人の皮を被った呪いの魔剣』と呼ばれたときには、俺は、うまいことをいうと、思わず噴き出したものだ。

確かに俺は、呪いの魔剣みたいな存在だった。誰も彼もが、俺の力を欲して、俺の所有者になりたがる。だが、あいにく俺は『間違えて人間に生まれた男』でもあったので、俺を持ち物にしたがる連中が、どいつもこいつも気持ち悪くてならなかった。

◇

そのとき俺が、その塔の見張りの兵士になったのは、単に寝床を確保するためだった。

野宿でもよかったが、兵士を募集していると聞いたので、せっかくならベッドで寝るかと思ったのだ。

身元や、剣の腕を確かめられるかと思ったが、何も聞かれずに採用となった。

あとから考えると、あれは、死なせてもいい兵士を集めていたのだろう。

そのときの俺は、政治にも貴族にも何の興味もなかったので、兵士用に誂《あつら》えられた簡易ベッドに、喜んだだけだった。


この塔に、高貴な方がいらっしゃる。和平のための話し合いをするのだ。そのための見張りの兵士だ。

事前にそう聞かされていたが、実際に、その高貴な方とやらが到着すると、話し合いどころじゃなかった。それまで潜んでいた敵が一斉に姿を現して、雄叫びとともに進軍してきた。

「反乱軍だ！」という悲鳴が、どこかで上がる。

「罠だったんだ……！」と、俺の隣にいた奴が叫んだ。

へえ、と思った。

面倒だな、とも思った。

しかし反乱軍とやらは、どう見ても、こちらを皆殺しにするつもりで来ている。

仕方ないので、俺は剣を抜いた。


――後から聞いた話によると、反乱軍にはおよそ三千の兵士がいたらしい。もっとも、途中からは、悲鳴を上げて逃げていく連中も多かった。それに、俺のほかにも反乱軍と戦っている兵士はいたので、俺が片付けたのは、おそらく二千程度だったろう。

塔から少し離れた場所で、見渡す限りを平らにして、俺はあくびを噛み殺した。

反乱軍とやらは、もう誰も立ってはいない。誰も息をしていない。

俺は、全身が返り血で汚れていて、べたべたするのが気持ち悪かった。水浴びがしたいと思ったところで、背後で剣を抜く音がした。

振り向けば、一人の男が、震えながら、俺に剣を向けていた。

俺のような雑兵とも、反乱軍とも違う格好をしていたから、高貴な方とやらのお供の連中だろう。

俺は、一応とはいえ、こいつらを守ってやったことになるのに、礼の一つもいえないもんかねと思いながら、ふわとあくびをした。

……まあ、無理か。こいつらにとっちゃ、俺は怪物だ。

頭の片隅でそう考えて、それもどうでもいいと思った。こいつを殺せば終わりだ。あとは水浴びができる場所を探そう。

胸の奥が、からからと鳴る。

冷たい風が通り抜けては、からからと。


俺が、男を殺しに行こうとしたときだ。

塔の中から、誰かが飛び出してきた。

まだガキの女だった。高そうな服を着ていた。

俺に剣を向けている男は、そいつに向かって逃げろと叫んだ。それで俺は、この女が、例の高貴な方とやらかと納得した。

ガキの女を追うように、年かさの女も現れた。手を引いて、ガキの女を連れて逃げようとしているようだった。

それは、この場においては、唯一真っ当な判断ってやつだったろう。俺には、逃げる奴を追いかけてまで剣を振るう趣味はない。そんな面倒な真似はしない。

だが、ガキの女は、年かさの女に短剣を押し付けると、こちらを振り向いた。

そして、そのまま歩き出した。

俺は、少しばかり面食らった。

この惨状の中でも逃げ出さずに、俺へ向かってやってくるということは、このガキの女も俺が欲しいといい出すのだろう。

だが、それにしたって、自分から武器を手放すとは、何を考えているんだか。

俺は、俺の前で、武器を手放せる人間を知らなかった。

普通の人間にとって、俺に近づくだとか、俺と向き合うだとかが、相当に恐ろしいことだというのは知っている。

俺を雇いたいといってくる偉そうな連中も、武装したうえで兵隊を引きつれてくるのが、いつものことだった。まあ、その武装も、兵隊という名前の肉の壁も、俺にとっては何の意味もなかったが。

しかし、ガキの女は、死体の間を、よろよろと震える足取りでやってきた。

隠し持った武器でもあるのか？　と思って、ガキの女の全身を、上から下までじっと眺める。だが、どう見ても、武器を潜ませるどころか、剣を握ったこともなさそうな、ひょろりとしたガキだった。

髪は長く、こぎれいな格好をしていた。貴族のガキだろうとはわかった。それだけだった。

ガキの女は、やがて俺の正面に立った。

俺にとっては、いつでも殺せる距離だ。

ガキの女は、青ざめた顔をしていた。怯えているのは一目でわかった。死体の群れに慣れていないんだろう。吐き気に耐えているのか、唇まで血の気が引いていた。いっそ憐れみを覚えるほどに、弱々しい姿だった。

だから俺は、胸の内で呟いた。——安心しろよ。恐怖は長く続かない。俺が欲しいという言葉を吐いたら、それがお前の最期《さいご》だ。

俺は、黙って待った。

ガキの女は震える息で、声を吐き出した。

「ありがとう、ございました」

そういって、頭を下げてくる。

「助けてくださって、ありがとうございました。あなたのおかげで、助かりました」

それだけを告げて、女が顔を上げる。その顔は、なおも蒼白《そうはく》だった。

そして、それ以上、言葉が続くことはなかった。続くどころか、女の顔には、いうべきことをいい終えられたとでもいうような、安堵すら滲んで見えた。

俺は、呆気にとられた。いうべきこと？　この状況で、震えながらいうべきことがそれか？　この見渡す限りの死体の中で？

「……お前、頭がおかしいのか？　それとも、周りが見えてないのか？」

「正気だと思いますし、見えていますよ」

「あのなぁ、こいつらは全員俺が殺したんだよ。わかるか？　俺が皆殺しにしたの」

「はい。ですから、お礼を申し上げに来ました。あなたがわたしを助けてくださった」

「助けたんじゃねえよ。殺しただけだ。みんな、みーんな殺してやった」

ガキの女は「はい」と頷いた。わかっているとでもいうような顔をしていた。

俺は、なぜか無性に苛立って、死体を指さしていった。

「見ろよ。そこの恨めしげな顔をしたゴミを見ろ。どいつもこいつも、反撃の一つもできずに死んだんだ。なあ、俺のこの全身の返り血を見てみろよ。全部こいつらの血だぜ？　人間をただのゴミに変えるなんてな、俺にとっちゃ、息をするより簡単なんだよ」

わざと脅かすようにいえば、頭のおかしい女は、ぱちりと瞬いた。

女がじっとこちらを見る。

それは、この血塗《ちまみ》れの戦場で、なぜか、ひどく清らかに見えた。欲望のこもらない、透き通った光のような瞳に見えた。

女はいった。

「わたしは、生き延びたいと願いました。こんなところでは死ねないと思いました。それが彼らの死を意味していると知りながら、望んだのです。――この状況は、わたしの望みの結果です。わたしが背負うものです」

女の頬は青ざめていた。その身体は震えていた。彼女の全身が、恐怖に満ちているのがわかった。

だが、それでも彼女は、揺るぎなくいいきった。

「わたしはこの国の王女アメリア。あなたが流した血は、わたしが流したもの。あなたが奪った命は、わたしが奪ったもの。あなたの剣は、わたしの剣です」

…………ばかばかしい。


なにをいっているんだろう、この女は。何を勝手に背負っているのか。

今までの誰も、そんなことはいわなかった。死体を前に怯えるか、喜ぶかだった。そして、今度は自分のために殺してくれと、俺を欲しがるばかりだった。誰も彼もが、俺を所有したがった。

いいや、この女だって、きっとそういうのだろう。

よくやった、これからも自分の役に立てというのだ。

そうだ。さっさとそういえ。

そうしたら、何も気にせずに殺してやるから。今なら、まだ、失望なんてしないから。

俺は、女が口を開くのを待った。

女は、俺の視線を受け止めて、すまなそうにいった。

「ごめんなさい。お怪我《けが》をなさっているのに、立ったまま話をしてしまって。今、簡易の救護室を作りますから、それまで、もう少しだけ、座って待っていてくださいますか？」

「────はっ？　い、いや、待てよ、おい、待てって！」

慌てて引き留めると、塔に向かって歩き出していた女は、くるりと振り向いて、案じるように俺を見た。

「傷が痛みますか？」

「ちがう！　怪我なんかしてねえよ！　全部返り血だっていったただろうが！」

「まあ」

「まあ、じゃねえ！　なんなんだ、お前は!?」

「アメリアと申します。この国の王女です」

「それはさっき聞いた！　そうじゃなくて、もっと、ほかに……、俺にいうことがあるだろう……!?」

部下になれだとか。これからも役に立てだとか。俺の力が欲しいだとか。

そういう台詞を吐くはずだ。

そうじゃない人間なんて、今までいなかった。これからだって、きっといない。

俺に期待させるな。……期待？　なんだそれ。そんなもの、犬にでも食わせちまえ。そんな言葉、俺の中にありはしない。俺の胸の内に広がる、この暗い昏《くら》い闇の中の、どこにもありはしねえんだ。

だけど彼女は、あぁと納得したように頷くと、青ざめた頬で、それでも微笑んでいった。

「申し訳ありません、勇敢な騎士様。あなた様のお名前を、まだお伺いしていませんでしたね」

「ちがう！」

「ちがう様……？」

「ふざけてんのか、お前!?　……それに俺は、騎士じゃない！」

そうか、この女は、俺が騎士だと誤解していたのか。だから、こんな意味のわからないことをいうのか。

俺のこの格好を見て、どうやったら騎士だと誤解できるのかは謎だが、とにかく、そういうことなんだろう。

騎士じゃない、ただの平民だとわかったら、こいつも態度を変えるはずだ。

俺は半ばそう強引に自分を納得させて、女にいった。

「俺は騎士じゃない。この辺りの人間ですらない。昨日、見張り番に雇われただけの、ただの流れ者だ」

わかったか？　そのイカレた頭でも理解できたか？

そう、指先を突きつけてやると、アメリアは驚いた顔をして、それから――……そっと、俺の手を、両手で包んだ。

俺の汚れた手を、彼女のきれいな手が、躊躇なく包み込む。

「旅の方だったのですね。王家に何の恩も義理もない。それでも、戦ってくださったのですね。心から、感謝します。助けてくださって、ありがとうございました」

俺は、もう声も出せなくて、ただ無理やり、手を振りほどいた。

アメリアの手が汚れてしまう。お姫様の手が。

それはいけないことだと思うのに、俺は、彼女の指が触れた場所が、じんじんと熱をもって、頭がおかしくなりそうだった。

いや、きっと、おかしくなっていたのだ。なっていたから、思ってしまった。

ここで別れるのはいやだと。このまま、彼女に背を向けられたくないと。

立場が違う。身分がちがう。わかっている。彼女はお姫様だ。俺なんかが傍にいられる人間じゃない。

――でも、俺は、それを可能にする方法を、一つだけ知っていた。

俺は、誰もが欲しがる人間だ。誰も彼もが、俺の所有者になりたがる。

「なあ……、お姫様。俺に名前を聞いたよな？　あんたがつけてくれよ」

彼女は、戸惑ったように首を傾げた。

俺は、へらっと笑って、もう一度いった。

「名前が何だったか、覚えてないんだ。だから、あんたがつけてくれないか。なあ、そうしたらさ……」

これを口にしたら、この人はどう思うだろう。

なんと答えるだろう。喜ぶだろうか。怯えるだろうか。俺はやっぱり、失望することになるのだろうか。その恐ろしさはあったけれど、俺はいっていた。

「そうしたら、俺は、あんたのものになってやるよ、お姫様。あんたの命令を聞いて、あんたをずっと守ってやる。あんたの剣になって、あんたの所有物になってやる。あんたの物になってやるよ」

アメリアは、まじまじと俺を見つめた。

それから、少し困ったように微笑んだ。

「あなたの人生は、あなただけのものですよ。わたしが王家の人間であっても、あなたの心を決めることはできません。それは、誰であろうと、してはいけないことです」

カッと、胸の奥が焼けるような感触があった。

――それは、拒絶への苛立ちだったのか、あるいは、狂おしいほどの歓喜だったのか。

わからない。

だけど、もう、それが決定打だった。

俺は、俺のこの空っぽな胸の内を、それでも大事にしようとしてくれる、このお姫様に、全部くれてやるのだと決めていた。

だから俺は、だだをこねるようにいい募った。

「俺がいいっていってるんだ。俺の人生を、あんたにくれてやるっていってるんだから、大人しく受け取れよ」

「それはできませんが……。あなたは、道に迷っていらっしゃるのですね」

姫様は、優しい瞳で俺を見ていった。

「では、こうしましょう。わたしは、いっとき、あなたの人生を預かります。――あなたが返し

てほしいと願う、そのときまで」

そうして彼女は、俺に名前をつけた。
バーナード。それが、おとぎ話に出てくる勇敢で心優しい騎士の名前だと、俺が知るのは、しばらく経った後のことだった。

胸の奥が、からからと鳴る。
冷たい風が通り抜けては、からからと。

――あぁ、その音が、今となっては、ひどく遠い。もはや何も、聞こえないほどに。

◇

姫様は、外見だけなら、箱入りのお姫様のように見えた。

長い金色の髪は、陽の光を反射して、きらきらと輝いていた。空と同じ色をした瞳は、優しくて温かかった。姫様は、きれいで、か弱くて、繊細で、お城に住んでいるお姫様がいるなら、まさにこの人だろうと思うような容姿をしていた。

まあ、見かけはそうだったんだが……。


「なるほど、危うい均衡状態なのですね。では、わたしが参ります」

「――はっ？　えっ？　参りますって、どこへ!?　姫様、あんたまさか、一触即発の国境へ、自分から乗り込もうなんて考えてないだろうな!?　いくら俺がついてるからって、馬鹿なことするなよ!?」

「大丈夫です、バーナード」

「だ、だよな、いくら姫様でもそんな無茶な」

「わたしは一人でも行くと決めています！」

「なにも大丈夫じゃねえだろバカ!!」


姫様は……、なんていうか……、弱っちいくせに、駆け出す足だけは異様に速かった。度胸があって、行動力の塊《かたまり》だった。ちっとも大人しくしていなくて、七回転んでも八回目に立ち上がれたら勝利だと考えているような人だった。臆病なくせに覚悟が決まっていて、決まりすぎていた。

そして――、信じられないくらい、美しかった。

一年の大半を、国内を飛び回っているような姫様だったから、高そうな服を着たり、高そうな宝石を身につけていることは少なかった。姫様のことを王女らしくないと、馬鹿にするような連中もいた。

だけど、たとえドレスがボロボロになっていようとも。

朝も夜もなく馬を駆けさせて、汗と埃《ほこり》にまみれていようとも。

そんなことは関係ない。

姫様はいつだって、誰かのために駆けていく。

その姿より美しいものが、この世のどこにあるというんだろう。

姫様ほどきれいな人を、俺は知らない。


……一度、姫様に聞いたことがあった。

俺は、お姫様ってのは、城の中にいて、ぜいたくな暮らしをしているもんだと思っていた。でも、姫様は、ほとんど城にいないよな？　本当は、世の中のお姫様ってやつは、みんな、姫様みたいに、一直線に飛び出していくもんなのか？

俺がそう首を傾げながら聞くと、姫様は少し考えこんでから答えた。

「一般的なお姫様というのが、どういうものなのかは、わたしにもわかりませんが……。わたしが飛び出していくのは、お兄様よりはまだ、わたしのほうが、身動きが取れるからですよ。お兄様は、しがらみや足かせがたくさんあって、簡単には動けないのです。……お父様も、お兄様の動きには、過敏に反応しますからね……。その点、わたしは身軽ですから！」

ふうんと、俺は頷いた。

その『身軽』っていうのは、姫様が、王女様だってだけで軽く見る奴らを含んでいるんだろうな、とか。

姫様も、その『お兄様』とやらに比べたら、自分のほうが死んでも大丈夫な人間だと思ってるよな、とか。

姫様を見下す屑どもも、その『お兄様』ってやつも、まとめて首を飛ばしてやりてえな、とか。

いろいろと思うことはあったが、その大半を、俺は沈黙とともにのみ込んだ。

俺は、俺の望みが、姫様の望みと一致しないことを知っていた。俺にとって大切なのは、姫様の身の安全だけだったが、姫様はそうじゃなかった。姫様はいつも、国を守ることを考えていた。姫様の眼差しは、遠い地平線まで見つめていた。俺が、俺の怒りに呑まれて喚《わめ》き散らすことは、ガキがだだをこねるのと大差ないことだった。そう判断する程度の分別は、その頃には俺にも身についていた。

それでも、我慢しきれずに姫様の前で怒ってしまうことも、何度もあったのだが。

俺は特に、姫様の家族が嫌いだった。

家族の話をするとき、姫様はいつも、少し悲しそうな瞳をしていたからだ。

きっと、姫様自身は笑っているつもりだったのだろう。いつも通りの微笑みを浮かべているつもりだったんだろう。だけど、姫様の空色の瞳には、隠しきれない陰が滲んでいた。

俺は、その悲しみをどうにかしたかったが、できることといえば、剣を振るうくらいなものだった。

俺は、姫様の命を守ることはできても、その『心』というものを前にすると、手も足も出なかった。俺に殺せない人間はいなかったが、俺に姫様の悲しみを消すことはできなかった。俺は無力だった。

そして、俺が姫様の傍で何もできずにいる間に、姫様は、すっと前を向いていた。

それから、俺を振り返って、晴れやかに笑ってみせるのだ。

「行きましょう、バーナード！」

蒼天の笑みだった。

姫様はいつだって、折れることを知らない花のように、しなやかだった。

◇

姫様は、『お兄様』のために国内を飛び回って、味方を増やそうとしていた。

姫様が会いに行った貴族や商人、将軍や騎士たちの中には、姫様を、その服装だけで嘲笑《あざわら》う屑どももいた。姫様を、生意気な小娘として見下す馬鹿どももいた。

俺は、そいつらの首をまとめて刎ねてやりたかったし、俺にはそれが簡単にできた。

だけど、姫様はいった。

「わたしの身に危険が迫っているときは、あなたの判断に任せます。わたしが戦いを命じたときも、どう動くかは、あなたの判断に任せます。ですが、そのどちらでもない場合は、剣を抜いてはいけません」

「あの屑どもは姫様を悪くいって、姫様を傷つけた。だから俺は剣を抜いていい」

「いけません。わたしの身体に危害を加えるのでなければ、あなたが動く必要はありません。わたしはですね、バーナード」

姫様は、ふふっと得意げに笑った。

「こう見えても、舌戦は得意なのです。わたしを悪くいう者には、わたしが自分で反撃します。あなたが悪くいわれたときも、わたしがやり込めてみせます」

「それは別にしなくていい」

「大船に乗ったつもりで、わたしに任せてください。言葉での戦いならば、わたしが見事に勝利を摑んでみせましょう！」

姫様は、そういって胸を張った。

……だけど、俺は知っていた。彼女が、本当は傷ついていることも、悲しんでいることも。それでもなお、強くあろうとしていることも。

姫様はいつもそうだった。

姫様は汗と埃にまみれていた。姫様は美しかった。姫様は弱かった。姫様は強かった。

――すべてをひっくるめて、彼女はただ一人のうつくしいひとだった。

俺の世界の中心には、いつも彼女がいて、微笑んでくれていた。ただそれは、俺のこの空っぽな内側を満たす、ただ一つの光景だった。


――だが、だからといって、殿下とどうにかなりたいなど、俺は考えたこともなかった。

◇

俺が護衛になった頃は、国王と王太子は不仲で有名だった。だが、数年かけて徐々に国王の勢力が削られていき、やがて王太子の即位が決定的になると、殿下の周囲にも途端に人が増えた。

騎士団など、戦場で俺と一緒になったことのある連中は、俺を見るだけで青ざめて、そそくさと逃げていったが、ほかの貴族たちは、殿下の歓心を得ようと、熱心にすり寄ってきていた。

俺は別に、それをどうとも思わなかった。

殿下の立場を考えたら、ダンスに誘う男たちが現れることも、縁談の話が舞い込むことも、当たり前だ。

もちろん、その男が殿下に危害を加えるようなことがあれば、俺は剣を抜いたが、無害である限りは、俺が動く理由はなかった。

……その頃、俺が一番頭を悩ませていたことといえば、国内が落ち着いてきたために、殿下が俺に休みを取らせようとしてくることだった。

俺が傍を離れている間に、殿下に何かあったらどうするのか。休日なんて必要ない。

俺は何度もそう訴えたが、殿下は聞き入れなかった。

あの人は、他者の話によく耳を傾ける一方で、非常に頑固な一面もあるので、ああいうときは、俺がなにをいっても、てこでも動かない。

かくして、休日を過ごす羽目になった俺は、あまりの虚無感に、一気に百歳も歳を取ったような気分になった。時間が経つのは、これほど遅かっただろうかと、頭を抱えた。殿下に出会う前に、どうやって暇を潰していたのかも思い出せなかった。

隊舎にいるとやることも見つからずに、延々と壁のしみを数えてしまいそうだったので、俺は街へ降りて、ウロウロと歩き回った。

自分でいうのもなんだが、落ち着きのない猛獣になったような気分だった。

酒場でひたすらに酒を呷《あお》ってもみたが、俺は毒すら効かない体質だ。酒で酔えたためしがなかった。

女の誘いに乗ってみたこともあったが、快感よりも虚無感のほうが大きかった。快楽に溺《おぼ》れる女を眺めながら、これほど夢中になれることが羨ましいとすら思った。

ちなみに、この休日問題は、今でも現在進行形で悩んでいる。

殿下、俺は休みなんていらないんですよ……。

◇

王太子の即位後の夜会で、俺が殺し屋の首を飛ばして以来、殿下に舞い込む縁談は激減した……というか、ゼロになったという話を聞いたときは、多少は申し訳ない気分にもなった。

しかし、まあ、チェスターがいるのだから大丈夫だろうとも思っていた。

副隊長のチェスターは、公爵家の三男で、殿下の近衛隊の中では最古参だ。

俺が殿下と出会ったときに、俺に剣を向けてきた男がチェスターだった。

姫様が、俺を護衛として雇うといい出したときに、顔面蒼白で反対したのもチェスターだったし、姫様に押し切られて、頭を抱えていたのもチェスターだった。

俺と同じくらい姫様に振り回されていたのもチェスターだったし、俺が隊長に任命されて、あいつより上の立場になったときには、腹を立てるそぶりもなく「あんたを部下にするくらいなら、あんたの部下になったほうが百倍マシです」としみじみといっていたのもチェスターだった。

俺は、人間の善し悪しというのは、ほとんどわからないのだが（俺の中の基準は、殿下に対して有害であるか否かだ。有害なら首を飛ばすし、無害なら放置する）、そんな俺から見ても、チェスターは『いいやつ』だった。

聞くところによれば、殿下の近衛隊に、チェスターのような家柄の男がいるというのは、将来を約束されたも同然であるらしい。

俺は、貴族のその手の遠回しなやり方については詳しくなかったが、チェスターが殿下の夫候補だというのは納得だった。家柄も、人柄もいい。剣の腕も、まあまあいいほうだろう。チェスターなら、殿下の夫として問題はなかった。

――俺は、俺自身が殿下とどうにかなることなど、考えてもみなかった。

俺は、俺がまともでないことを知っていた。

俺は『人の皮を被った呪いの魔剣』という評判がぴったりな人間で、剣を振るうことしか能のない男だった。首を飛ばすことに躊躇はなく、死体を見ても何も感じなかった。俺は間違えて人間に生まれてきてしまったような存在だった。

その俺が、あの殿下に触れることなど、どうして考えられるものか。

殿下はどこまでも真っ当だ。美しく、清廉で、光に満ちている。殿下には青空がよく似合う。晴れ渡った空の下で、殿下だけは、微笑んでいてほしい。殿下だけは、幸せでいてほしい。あなたが幸福でいてくれるなら、俺は、世界中を殺しつくしたって構わないんだ。

……まあ、自分でも、最後の発想に問題があるんだろうとは思う。

これだから、殺すしか能のない人間は駄目だ。いざとなったら、殿下以外の全員を殺して済ませようと考えてしまう。たぶん俺の前世は呪われた魔剣だったのだと思う。


チェスターに、一度聞かれたことがあった。

殿下のことをどう思っているのかと、あいつは真剣な顔をして、正面切って尋ねてきた。

だから俺も、真面目に答えた。

「俺は、殿下も、殿下の夫君も、殿下の御子も、生涯かけてお守りするつもりだ」

チェスターは、何ともいえない顔をした。

だが、それ以上は何も聞きだせないと悟っていたのだろう。大人しく引き下がった。


……確かに。まあ、確かに。

殿下への恋情だとか、独占欲だとかは、探せば、この身体のどこかには潜んでいたのかもしれない。

だが、俺はそんなもの、見つけるつもりはなかったし、認めるつもりもなかった。それは俺にとっては有害でしかなかった。護衛ならば、殿下の身の安全だけを考えるべきだ。

俺は、恋も愛もわからない男だ。それでいい。

俺の世界の中心には、殿下がいる。殿下だけがいて、微笑んでくれている。

それは俺の虚《うつ》ろを満たす、永遠の光景だ。

だが、この感情に名前をつけるつもりはない。

俺は一生、殿下の傍で、殿下をお守りする。殿下に家族ができたなら、家族も含めてお守りする。

それだけが、俺の望みだった。


――……だから、まあ、なんというか、殿下が俺の心を望むなんていうのは、俺にとって想定外の事態であって、先ほどからタオルに顔を埋《うず》めたまま耳まで赤くしている殿下に、俺はなんと声をかけていいのか、わからないでいる。

◇

あの後、チェスターは、訳知り顔で執務室を出て行った。

それから、すぐにサーシャがやってきた。長年の侍女は、両手で顔を覆ったままの殿下に優しい声をかけて、ふかふかのタオルを渡し、新しい紅茶をローテーブルの上に用意した。そして、最後に力いっぱい俺を睨みつけると、執務室を出て行った。

そうして、俺は今、殿下と二人きりだ。

いつものように傍に立っているのでも、あるいは膝をついたままの姿勢でも構わなかったのだが、殿下はソファを片手でぱしぱしと叩いて、隣に座るように促した。その顔は、タオルに埋めたままだった。

俺は、殿下との間に人がゆうに二人は座れる程度のスペースを空けて、腰を下ろした。執務室のソファが無駄に長いことに、初めて感謝した。

しかし、そろそろ顔を見せてくれないだろうかと思うのだが、それを口に出したら、殿下を追い詰めてしまうことになるのだろうかと、判断がつかずに、俺は若干、途方に暮れていた。

俺に恋愛経験なんてものはない。女と寝たことはあるが、それだけだ。

俺は、普通の人間の感情の機微すらよくわからない。

つまり、どう動くのが、一番殿下の心に沿えるのかがわからないのだ。

殿下が待てというなら、いつまでも待てるが、何もいわれていないのに、待ったままでいいのだろうか。俺から声をかけるべきなのか？　でも、かけて大丈夫なのか？

わからん。チェスターが戻ってきてくれないだろうか。あいつに、その辺で立て看板でも持って、指示出しをしてほしい。こういうときに、どう動くのが一番殿下を傷つけないのか、俺よりあいつのほうが真っ当な判断を下せる気がする。

俺がそう、逃避のように考えていると、殿下は、ふかふかのタオルから、少しだけ、俺のほうへ顔を向けてくれた。

きれいな空色の瞳は、まだわずかに潤んでいる。

「……気持ち悪く、ないのですか？」

俺は、質問の意図が摑めずに、眉根を寄せた。

殿下は気分が悪いということか？　それならすぐに休むべきだが、しかし、今の言い方だと、俺のほうが気分が悪いのではないかと案じているように聞こえる。なんで俺が？

「俺は問題ありませんが、殿下は、体調がすぐれないんですか？　それなら、すぐに医者を」

「ちがいます！　わたしに結婚を迫られて、あなたは気持ち悪くないのですかと聞いています……！」

まぬけなことに、俺はそこでようやく、昨日の会話を思い出していた。

あっと、馬鹿みたいに口を開けて、思わずいってしまった。

「もしかして、昨日のあれは、俺に探りを入れていたんですか？　一般的な意見が聞きたかったんじゃなく？」

殿下は、赤く染まった頰に、さらに熱を帯びさせると、ぷるぷると震えながらいった。

「何事も、事前調査は大切です……！」

「そうですね。ごもっともです」

「さあ、正直にいうのです……！　わたしはショックを受けたりしませんから！」

そんな、傷つく覚悟はできているといわんばかりの瞳で見ないでほしい。

俺があなたを不快に思うなんて、あり得るはずがない。それはいっそ不可能だ。

しかし、誤解させたのは俺だった。俺は、どう説明したものかと頭を悩ませた。

だってまさか、昨日のあれが、そういう意味だったとは思わないだろう。俺はてっきり、チェスターとの結婚について悩んでいるのだとばかり思っていたのに。殿下が想定していた結婚相手は、俺だったのか。そうか。そうか……。

殿下は、キッと俺を睨みつけた。

「もしかして、わたしをからかっているのですか、バーナード」

「そんな不敬な真似はしませんよ。どうしてそう思うんですか」

「あなたの顔が笑っています……！」

「あぁ……。それは、仕方ないですね。殿下にも責任があります。大いにあります。あなたが呪いの魔剣の封印を解いたせいです」

「やはりからかっていますね!?」

ちがう。本当に違う。これでも俺は、真面目にいっている。

まずは誤解を解こうと、俺は口を開いた。

「昔……、俺が殿下の護衛になってまだ日が浅い頃に、殿下より自分のほうが俺をうまく使えるから、俺を自分の配下に寄越《よこ》せといってきた、中年男がいたのを覚えてますか？　鎧《よろい》にまで、じゃらじゃらと宝石をつけていた男です」

「あぁ、いましたね。きらびやかな鎧の……、彼は、ネルズ子爵でしたか」

「俺はああいうのが気持ち悪いんですよ。殺すつもりだったのに、殿下が止めるから」

「確かに礼を失した人物でしたが、それだけで剣を抜いてはいけません。……それほど気持ち悪かったのですか？」

「ええ、ものすごくね。俺はですね、殿下。俺を使いたがる連中全員が気持ち悪いんです」

「それなら、わたしも同じでしょう。いえ、わたしはむしろ、今まさに、あなたを騎士として使っているところですね……!?　もしかして、我慢してくれていただけで、ずっと気持ちが悪かったのですか!?」

「ちがうって。聞いてください、殿下。俺が気持ち悪く感じるのは、俺を利用したがる連中です。そういう意味で、俺を欲しがる奴らのことをいっています」

「わたしも、今まさに、国のためにあなたを利用しようとしていますし、あなたを欲しがっています……！」

「ちがう！　なんでそうなる!?　……いいですか、殿下。俺はあなたを気持ち悪いと思ったことなど一度もありませんし、この先もあり得ません。だってね……」

　これを言葉にするのは、気恥ずかしいことだった。

自分があまりにも自信家になった気がした。自惚《うぬぼ》れが過ぎているようにも感じたし、未だに夢のようにも思えた。

しかし、殿下がじっと俺の言葉を待っていたので、俺は、眼を泳がせながらも口にした。

「だって、あなたが欲しがっているのは、俺の心でしょう……？」

殿下は、ふかふかのタオルを置いて、俺のほうへにじり寄ってきた。

そして、機嫌のよい猫のように、にんまりと笑った。

「照れているのですか、バーナード？」

「殿下、距離を詰めるのはやめてください。護衛に対して近づきすぎです」

「いっておきますが、わたしが欲しいのは、あなたの心だけではありません。あなたと手を取り合って、この先の人生を、共に歩んでいくことを望んでいるのです。つまり、わたしが狙っているのは、あなたの妻の座です……！」

「わかった、わかったから近づくな、俺の全部はあなたのものだ、あの日にとうにあなたにくれてやった、あなたが受け取らなかっただけですよ。わかりましたね、問題は解決です、わかったら可愛い顔をしてじりじり近寄ってこないでください。やめろ、来るな、あぁくそ、あんた甘い匂いがする……、ちがう！　そんなこと考えていません！　いいですか姫様、それ以上近づいたら、俺はこの部屋を出るからな！」

「ふっ、ふふふふふ、顔が真っ赤ですよ、バーナード」

「誰のせいだと思っているんですか!?」

姫様が、ふふふと嬉しそうに笑った。信じられないくらい可愛い笑顔だった。

くそ、信じられない。この人はときどき、最悪にたちが悪い。

俺は、ソファの端へと、これ以上不可能なほどに密着して、最大限、殿下から距離を取った。

「バーナード」

「なんですか、殿下。いっておきますが、それ以上近づいたら、チェスターを呼びますからね」

「……わたしのことを、その……、すっ、すきですか!? 女性として!」

「好きですよ。今の俺が、それ以外の何に見えるんですか」

「あっさりいいましたね!?」

「というか、いつ何時《なんどき》、どう尋ねられようと、あなたに対しては好き以外の言葉が出ないので、俺にそんなことを聞くだけ時間の無駄です」

「無駄ではありません。大事なことです」

「俺としては、殿下にこそ、本当に俺でいいのか、よく考えていただきたいんですが。……俺だったら、こんな人間、絶対に選びませんよ。あなたの騎士としては、とても勧められない男です、俺は」

「わたしは、あなたのことが、ずっと好きです」

俺は思わず呻いてしまった。

今まで、人生で一度たりとも、敵の刃《やいば》を受けたことのない身だが、殿下のその言葉だけは、俺の心臓を貫くようであり、燃やすようでもあった。

殿下は、にこにこと笑っていった。

「あなたが好きです。……あぁ、ずっとそういいたかった。いえることが嬉しいのです、バーナード。あなたが好きです。ずっとずっとずっと愛しています」

俺はしばらく呻いた。

呻いた末に、俺の心臓が保《も》たないので、そういうことを気軽にいうのはやめてほしいという旨を、絞り出すような声で懇願した。

しかし殿下はニコニコしていた。くそ、絶対わかってないな、この人。

俺は何度も深呼吸をして、落ち着きを取り戻してから、改めて殿下に向き直った。

「殿下。あなたが本気で俺を望まれるのであれば、いっておかなくてはいけないことがあります」

「さては、妻としての心得ですね？」

「ちがいます！　……いいですか、殿下。冗談はそのくらいにして、真剣に聞いてください」

「わたしは真剣ですが……、なんでしょうか」

「あなたは、俺という呪いの魔剣の封印を解きました」

殿下は、唇を尖《とが》らせて俺を見た。

「冗談はやめるように、あなたが自分でいったのに……」

「冗談ではありません。俺は本気です」

「あなたは人間ですよ、バーナード」

「そうですね。では比喩《ひゆ》として聞いてください」

俺は、深く深く息を吐き出していった。

「俺は、今まで、俺の中にある感情に名前をつけませんでした。そうすることを、俺自身に許さなかったし、この先も一生そのつもりでいました。……でも、俺は今、この想いを愛と呼ぶことを認めてしまった。これは俺の人生において初めてのことで、自分でも予測がつきません」

殿下は、彼女にとっては不可解だろう話に、口を挟むことなく、じっと聞いてくれた。

「俺は、俺自身が信用できない。……だから、どうか、一つ約束をしてください、殿下」

空と同じ色をした瞳を見つめて、告げる。

――――美しい、俺の殿下。

胸の内でそんな風に呼びかけることを、俺は今、俺自身に許してしまった。

「次に、あなたが、俺を手放すと決めたときには、どうか、立ち去れというのではなく、俺に死を命じてください。俺は喜んで、この首を落としましょう」

殿下の瞳が見開かれる。

俺は心の中で謝りながらも、彼女が拒絶のために口を開こうとするのを制して、言葉を続けた。

「俺の我儘《わがまま》です。残酷な願いだとわかっています。……だけど、今の俺は、あなたのもとを去れといわれたら、死に物狂いで抵抗するかもしれない。あなたに牙をむくかもしれない。それは絶対にあってはならないことです。ですが……、俺は、まともな人間じゃない。自分でもわかっている」

「バーナード、それは違います」

「聞いてください、殿下。俺は一度、あなたの愛を知ってしまった。取りあげられたら、何をするかわからない。あなたを傷つける真似をするかもしれない。それは絶対に駄目だ。あなたを傷つけることが、俺は何よりも恐ろしい。だけど、俺は今すごく幸せで、これを失ったら、殿下を傷つけてしまうかもしれない」


だからどうか、――幸福な夢を見せたまま、俺を死なせてくれないか。


そう懇願する。

殿下は、しばらくの沈黙の末に、静かな声でいった。

「それで、あなたの心が休まるのであれば、約束しましょう」

「……ありがとうございます、殿下。こんな最低なことを頼んで、申し訳ない……」

「でも、その約束が果たされる日は来ないと、わたしは知っていますよ、バーナード」

なぜなら、と、姫様は胸を張った。

「あなたの愛がわたしにあると知った以上、わたしはもう、あなたを手放してあげたりはしないからです。ふふっ、傲慢な権力者に捕まってしまいましたね！　後悔しても手遅れですよ！」

「……あのな、姫様。俺は結構真面目に話してたんだぞ」

「わたしも真剣にいっています」

殿下は、俺の眼を覗き込んでいった。

「――――バーナード、あなたを不安にさせたことを、心から謝ります」

あまり近づかないでほしいと思ったが、殿下の目がまっすぐだったので、俺は逃げ出すこともできずに、ただその空色の瞳を見返した。

殿下は、ひどくすまなそうに眉を下げていった。

「ごめんなさい」

「……何の話ですか？」

「わたしは、あなたに、出て行くようにいいました。あなたに突然の解雇をいい渡して、あなたを傷つけました。あなたが不安を覚えるのは当たり前です」

「いや、そういうのじゃないから。殿下、俺はもっと根本的な話をしています。まず、そもそも殿下は、俺を買い被っていて、俺がまともな人間じゃないということをあまり理解していないところが問題で」

「あなたの不安を和らげることができるように、わたしも力を尽くします」

「おい、突然不安になるようなことをいい出さないでくれ、姫様。何をするつもりですか、殿下」

殿下は、きりっとした、凛々《りり》しい顔でいった。

「毎日、あなたに愛を告げます。あなたの不安が減るように」

「やめろ！　やめてください！　それは最低限にしてくれって、さっきお願いしましたよね!?」

俺は、たちまちのうちに頬が熱くなるのを自覚しながら、必死にとめた。

だが、姫様は、にこにこと笑うだけだった。

「そうやって照れている顔も可愛くて好きです、バーナード」

「ぐっ……。くそ、あなたがそういうつもりなら、俺にも考えがありますからね……！」

俺は、可愛い顔で悪魔のような真似をする殿下を睨みつけて、冷ややかに告げた。

「殿下、あなたはとても美しい。初めて会ったあの日から、あなたの輝きが、俺の世界を照らしてくれました。あなたの存在だけが、俺のこの空っぽの胸の内を温めてくれました。美しく光り輝く、俺の殿下。俺はいつだって、あなたに心を奪われてきましたよ。愛しています、俺の姫」

「…………………」

殿下は、もぞもぞと後退して、再びふかふかのタオルに懐《なつ》いた。

タオルに顔を押し付けたまま、耳まで赤くして、殿下はか細い声でいった。

「……それは、ずるいですよ……」

「当然の仕返しです」

俺はそう鼻で笑いながらも、照れている殿下が可愛すぎて、これは俺にもダメージがあるなと悟っていた。

第5章

晴れ渡った秋空が、窓の外に広がっている。

わたしは、バーナードとともに、お兄様の執務室を訪れていた。護衛として一緒に来ていたチェスターとコリンには、部屋の外で待っていてもらう。

お兄様には、報告したいことがあるから時間を取ってほしいという旨を、補佐官を通して事前に伝えていた。報告の内容までは明かしていなかったけれど、お兄様は察していたのだろう。

通された執務室には、お兄様以外の人影はなかった。

そしてお兄様の腰には、輝くような白銀の鞘《さや》に包まれた、王家の剣が下がっていた。

名剣と名高い一振りだけど、お兄様が式典以外であの剣を下げている姿を見たことがない。今回が初めてだ。

それに、そもそも、

「どうして執務室で帯刀していらっしゃるんですか、お兄様。必要ありませんのに」

「必要になると思ったからだ、愛しい妹よ」

お兄様が真顔で答えた。

どういう事態を想定しているのか教えてほしい。いえ、やっぱり聞きたくないわ。

わたしは白銀の剣を見なかったことにして、いつも通りに斜め後ろに控えているバーナードを振り返り、隣に並んでくれるように眼で促した。

彼は少し照れたように微笑んだけど、まんざらでもないといった様子で、わたしの隣に立ってくれる。

お兄様のこめかみに青筋が浮かんだ。

わたしはそれも、全力で見なかったことにして、お兄様に告げた。

「お兄様。先日のお話ですが、彼も了承してくれました。――わたし、バーナードと結婚しますね」

口にすると、じいんと胸の内に喜びが広がった。バーナードと結婚する。なんて素晴らしい響きだろう。

わたしは、喜びを噛みしめながら、お兄様からの祝いの言葉を待った。

しかし、お兄様は苦悶《くもん》の表情を浮かべていた。

さながら、この世の災いすべてが、この地に降り注いできたかのようだった。世界の終わりを前にして、絶望に打ちひしがれる青年のようだった。いっておくけれど、もちろん、そんな状況ではない。

これは、晴れがましい、妹の祝い事だろう。お兄様には、大いに祝っていただきたい。

わたしが少しばかり憤慨していると、お兄様は苦悶の表情のままいった。

「アメリア……、可愛い妹よ。結婚へのはなむけとして、一ついっておくことがある」

「はい、お兄様」

わたしは期待を込めてお兄様を見つめた。

お兄様は、両手でわたしの肩を摑むと、愛情深い眼差しで、わたしを見つめていった。

「離婚したくなったらいつでもいいなさい。兄はお前の味方だ」

わたしは憤然とした。

「それのどこがはなむけなんですの、お兄様」

「お前がこの狂戦士《バーサーカー》と結婚するにあたって、一番に覚えておくべき事柄だろう。北のハルガンと西のターインに対しては、お前が結婚したという事実だけあればいい。結婚後にお前が何を選択しようと自由だ。まあ、さすがに挙式翌日の離婚は、偽装結婚ではないかという言いがかりをつけられかねないが、なに、せいぜい三ヶ月も結婚しておけば、別れても問題はないだろう」

お兄様がしたり顔でいっている。

わたしはお兄様の両手を肩から下ろして、じっと見つめた。

お兄様が、少し怯んだ顔をした。

わたしは、そこに畳みかけるように、きっぱりといった。

「お兄様。わたしはバーナードと、生涯を共にすると決めたのです」

「なぜ決めてしまったのだ……」

「それは、だって……、バーナードを、愛していますから」

わたしが照れながらもいうと、お兄様だけでなく、隣のバーナードまで呻いた。

呻き声の二重奏だ。お祝いの日に聞きたいメロディとはいいがたい。

わたしは、恨みがましい眼でバーナードを見上げた。

すると、彼は、片手で口を押さえて、頬を朱色に染めていた。こげ茶色の瞳は、困ったようにわたしを見つめている。途端にわたしは、すべてを許す気持ちになった。

――バーナードが実は照れ屋である、ということを、わたしは彼と心を交わして初めて知った。

長い付き合いだというのに、今まで知ることがなかったのだ。

もしかしたら、わたしが知らなかっただけで、近衛隊の皆は知っていたのかしらと、密かに妬ましい気持ちにもなった。それで、チェスターにこっそりと「バーナードが照れ屋なことを知っていましたか?」と尋ねたこともある。もっとも、チェスターは、まるで不可解な単語でも耳にしたかのように、首を傾げたのだけれど。

そのうえ「殿下、それは何かの誤解ではないでしょうか。誰かとお間違えではありませんか?隊長には、そのような感情は備わっていないと思います」と、すがすがしい笑顔で言い切られてしまったのだけど。

でも、実際に、バーナードは意外と照れ屋だ。

そして、照れている彼は、とても可愛い。

わたしがにこにこしながらバーナードを見つめていると、お兄様が呻きながらいった。

「お前がそこまでいうのならば……。ぐっ……、やむを得ん……、騎士バーナードよ……」

お兄様の呼びかけに、バーナードも、すっと表情を改める。

わたしはハッとした。これはまさしく、世にいう『娘をよろしく頼む』という場面ではないだろうか。わたしの場合は妹だけど、お兄様はわたしの保護者も同然だ。

わたしの胸は期待に高鳴った。わたしの結婚において、そういった普通のやり取りが見られるなんて、夢にも思わなかった。普通で、多分ありふれていて、だけどとっても素晴らしい瞬間だ。わたしはドキドキしながらお兄様の言葉を待った。

お兄様はバーナードに対して、地獄を体現したかのような形相だったけれど、やがて喉の奥から振り絞るようにしていった。

「私の最愛の妹だ。どうか、妹を、よろしく……、よろしく、たの……、くっ、たの……、た……の………」

「頼む、頼むとおっしゃりたいのですよね、お兄様!?」

「――――いいやッ、頼まん!!」

バーナードが「なんでだよ」とさすがに呟いた。

わたしは思わず額を手で押さえた。

お兄様は、完全に開き直った顔をしていった。

「どう考えても、アメリアにとって、貴様より私のほうが頼りになる！　貴様など、アメリアの足を引っ張ってばかりではないか、この狂戦士《バーサーカー》が。貴様に頼むことなど何一つとしてないわ。アメリアよ、いつでもこの兄を頼っていいのだぞ。夫など離縁してしまえば赤の他人だが、兄は永遠に兄なのだからな」

バーナードが、せせら笑っていい返した。

「さすが、殿下に厄介事を押し付けるしか能のない方は、いうことが違いますね。殿下の兄君が、頼りになる？　ははっ、面の皮の厚さだけはご立派なものだ。殿下が今までどれほど危険な目に遭われてきたか、そして兄君がいかに殿下を手駒として使ってきたか、ここで思い出させて差し上げるべきですかね？」

お兄様が、額に青筋を浮かべながら、腰の剣に手をかけた。

「我ながら、己の先見の明を褒めたいものだな。やはり、剣が必要になったと」

バーナードが、嘲笑いながらいった。

「図星を指されたからといって、暴力に訴えるのはやめていただきたいですね。短気な方だ」

お兄様の額の血管が、今にもぶちっと切れそうなほど、くっきりと浮かび上がった。

「夜会で首を刎ねた愚か者にいわれたくないわ！　貴様のその愚行のせいで、アメリアには縁談が来なくなってしまったのだぞ！　これほど聡明で美しい妹だというのに！　貴様こそ、今までどれほどアメリアの足を引っ張ってきたか、胸に手を当てて考えてみろ！」

　バーナードが、不機嫌そのものの顔で、低く唸るようにいった。

「何でもいいから、いい加減、剣から手を放していただけませんかね。兄君が剣を振るったところで、何の役にも立ちませんし、それに、いいか――――、殿下の傍で、剣に手をかけるんじゃない。俺は反射的にお前の首を落としそうになるのを、必死に我慢してやってるんだ」

　わたしは、ため息をついて軽く手を叩いた。

「お兄様も、バーナードも、そのくらいにしてください。……仲良くとまではいいませんけれど、お互いに、挑発的な物言いはやめてくださいな」

　なんといっても、と、わたしは唇を緩ませて続けた。

「わたしたちが結婚したら、お兄様とバーナードは、義兄弟《きょうだい》になるのですからね」

　二人そろって、心底嫌そうな顔をした。

「お兄様にとって、バーナードは義弟《おとうと》になりますし」

「私のきょうだいはお前だけだぞ、アメリア」

「バーナードにとっては、義兄上《あにうえ》になるのですから」

「俺にそんな存在はいません、殿下」

　この二人は意外と息が合うんじゃないかしらと、わたしは以前から思っているのだけど、バーナードとお兄様は、最後まで、睨み合っていた。

◇

わたしがバーナードと婚約したことは、御前会議において、お兄様の口から明かされ、その後、国内外へと通達された。

お披露目パーティーはまだ先だけど、わたしたちは公式に婚約者となったのだ。

わたしの補佐官たちや、付き合いの長い重臣たちは、御前会議の後から早々に祝いの言葉を伝えに来てくれた。その大半が、祝辞というより、弔辞を述べているような表情だったのが、気になるところではあるけれど。

わたしは何度も、『わたしがバーナードを口説き落としたのだ』という事実をアピールしたのだけど、皆、信じるどころか、お悔やみをいうような顔をするばかりだった。中には、どんなひどい夫とも縁が切れると評判の修道院を教えてくれる人もいた。わたしは憤慨した。まだ結婚もできていないうちからあんまりだ。離婚なんてしません。

とはいえ、わたしたちの婚約を、心から祝ってくれる人たちもいた。

そのほとんどが女性官吏や、後宮勤めの侍女たちだった。

一部には、適齢期の娘や姉妹を持つ男性官吏もいた。

彼女たち、あるいは彼らの熱気はものすごく、わたしを拝まんばかりの勢いで「ご婚約おめでとうございます!!　素晴らしいことですわ!!　どうかいつまでも、いつまでも、末永く、お幸せになってください!!」と叫んでくる侍女もいた。

さすがに先輩格の侍女に叱られていたけれど、確か彼女は伯爵家の末娘だったと思い出して、わたしはしみじみとチェスターを見つめた。

わたしとチェスターが婚約しているも同然である、という噂は、わたしが思っていた以上に、広く深く浸透していたらしい。

チェスターに想いを寄せる女性陣からの、バーナードとの婚約への支持は凄《すさ》まじかった。

わたしは、内心では、王妹の婚約者が平民出身であるという点について、非難してくる者たちも多いだろうと身構えていたのだけれど、名家の奥様方からは「もし、お相手の出自をとやかくいうような愚か者がいたら、教えてくださいませ。いつでもお力になりますわ」と囁かれる始末だった。

ちなみに全員、年頃のご令嬢がいる奥様方だった。

わたしが、ホッとしたような、気が抜けたような胸の内を、ぽつりとお兄様に零したら、お兄様は遠い眼をして「あの男には、出自以外の問題が多すぎるからな。今さら誰も、出自など気にしていられんだろう……」と呟いていた。

まあ、問題視されなかったのはいいことだ。

わたしが苦慮したのは、むしろ、チェスターとの縁談を取り持つことを、わたしに頼んでくる人々への対応だった。

「娘との顔合わせだけでもお願いできませんか」「妹が長くチェスター殿を慕っていることだけでも伝えていただけたらと」「せめてあの子の話だけでも振っていただけたら！」と、わたしに頼み込む人々の多さといったら、列をなしそうなほどだった。

どうもチェスターは、わたしの婚約発表後も、持ち込まれる縁談をすべて断っているらしく、ついにはルーゼン公爵その人が、わたしを訪ねてきて、息子への説得に力添えしていただけないかといい出すほどだった。

王家の家紋が二本の剣と白百合からなるため、それを支える五大公爵家は、それぞれ花に関連した呼称を持つ。そのうちの一つ、金蓴のルーゼン家当主は、いつも通りの喰えない笑顔の中に、珍しくうっすらと苛立ちを滲ませて、わたしに頼んできた。

「あれも良い歳です。いつまでも独り身の騎士というわけにはいきません。殿下からのお言葉とあれば、愚息も考えを改めるでしょう」

それは職権濫用である。

わたしはやんわりとお断りしたし、護衛についていたバーナードは呆《あき》れ顔をしていたが、後日その話を知った当のチェスターは、珍しく本気で怒っていた。

わたしは気にしなくていいといったけれど、彼は静かに激怒して、実家へ乗り込んでいった。その後のことについては、詳しくは知らない。チェスターが話したがらなかったので、わたしも深くは聞かなかった。

ただ、その後、わたしに仲介を依頼してくる人々は、格段に減った。

◇

そして、婚約発表からおよそ三週間が経った。

わたしとバーナードの距離も、大いに縮まって——……いなかった。

正式な婚約者になって三週間も経つというのに、ちっとも進展がない。何なら後退しているような気さえする。わたしは頭を抱えたくなったけれど、主な原因は自分でもわかっていた。

単純に、忙しかったのだ。

もともと詰まり気味なスケジュールに、婚約関係の諸々《もろもろ》が加わり、さらには王都近くの治水工事の進捗を視察に行った先で、イレギュラーなトラブルも勃発した。

まあ、王補佐の仕事というのは、イレギュラーに対応することが本業のようなものではあるけれど、こういうときに限って、重要な報告が上がってきていなかったことが発覚したり、元から仲の悪かった領主同士が決定的に対立したりするものだから、わたしは人間関係の火事をボヤで済ませるために、せっせと消火活動にあたっていた。途中からはほとんど、消火専門の衛兵になったような気分だった。

忙しかったのだから仕方ない。

頭ではそう考えるものの、心の中には小さな不満がくすぶっていた。

――だって、職場恋愛というのは、忙しさの合間を縫って発展するものではないの……!?

わたしが耳にしたことのある職場恋愛というのは、わたし付きの補佐官たちによる「あいつらこの忙しいのにいちゃつきやがって」「口より手を動かせ」「おい、絡めるために動かすんじゃないペンを握れ」「あらゆる恋愛脳滅ぶべし」「働かない脳内花畑どもが憎い」という、呪いの呟きがほとんどだった。

だから、職場が同じ相手との恋愛というのは、そういうものなのか……と、なんとなく思っていたのだ。

もちろん、わたしには王妹としての立場があるのだから、公私の区別はつけるべきだ。

わかっていたけれど、そうはいっても、人目を忍んで関係が進む……という出来事も、当然この身に訪れるのだろうと思っていた。その瞬間をわくわくどきどきしながら待っていた。

「あっ、駄目よ、バーナード。こんなところで……」なんていってしまったりするのかしら……!?と考えては、一人でじたばたしたりしていた。

それはもう、わたしの予想においては、たいへんにいちゃいちゃすることになっていたのだ。

――しかし、現実はどうだ。

あれから三週間、わたしはバーナードと、主に業務上の会話しかしていない。

「あっ、駄目よ」どころか、身体的接触がゼロだ。皆に見えないところで、そっと手を繋《つな》ぐ……ということさえ一切ない。まずもって、バーナードが不用意にわたしに近づいてくれない。常に護衛として適切な距離を保たれてしまっている。

おかしい。人目を忍んでいちゃいちゃする展開は、どこへ消えてしまったのだろう。

もちろん、わたしだって、わかってはいる。

わたしには、王宮内であっても、少なくとも二人は護衛の騎士がついている。これが王宮から一歩でも外へ出るなら五人は護衛につくし、王都から出るなら一部隊はつく。人目を忍ぶということが、ほぼ不可能だ。お忍びで散策へ出かけるときだって、必ず護衛はついている。護衛の騎士にも、お忍び用の服装をしてもらっているだけだ。

王宮内の移動ですら、二人は近衛騎士がついているのだから、バーナードと二人きりになることなんて不可能……、……いえ、わたしが頼んだら、バーナードは実現してくれると思うけど、その場合、部下の意識を失わせて縛り上げて倉庫へ放り込むくらいのことはする人なので、わたしもうかつには頼めない。

やむを得ない状況ならともかく、いちゃいちゃしたいという理由だけで、近衛騎士を可哀想な目に遭わせるわけにはいかない。

だけど、わたしはバーナードと、いちゃいちゃしたかった。

その願望のあまり、突然のアクシデントが起こって、うっかりバーナードと二人きりで書庫に閉じ込められたりしないかしら……と夢想することもあったけれど、わたしの近衛隊は皆、有能なので、そんなハプニングは起こらなかった。残念である。

まあ、書庫に閉じ込められたくらいでは、バーナードが扉を蹴破って、あっさり事態を解決してくれる気はする。かつては、投獄されても一人で脱獄して、わたしを助けに来てくれた人だ。並大抵のことではバーナードを閉じ込められない。

わたしは途中から、どうやったらバーナードでも脱出できない状況に陥り、二人きりで閉じ込められるかという難題について、しきりに頭を悩ませたけれど、たとえ雪山で遭難したとしても、バーナードならわたしを担いで下山してくれるだろうという結論が出たところで、虚《むな》しくなって考えるのをやめた。

だいたい、閉じ込められなくたっていいのだ。大事なのはそこじゃない。いちゃいちゃできることが大切だ。


そして、婚約発表からおよそ一ヶ月が経過したある日、わたしはついに、しびれを切らして一計を案じた。

そう、待っていても情勢が動かないのであれば、自ら攻勢に打って出るべし——と、昔読んだ兵法書にも書いてあったのだ。

◇

その日は朝から晩まで、会議に会談にと、予定が詰まっていた。夕食も、沿岸地方の領主たちとの会食だった。とはいえ、予定された政務としては、それが最後だった。

わたしは会食を終えると、すぐさま後宮へ戻り、湯浴みをしてから、今度は書類を片付けるために再び執務室へ戻った。

空はすでに、月の女神が微笑む頃合いだった。

薄暗い回廊を、ランプのほのかな揺らめきと、月明かりだけが照らしている。

冬が足音もなく忍び寄る季節だ。夜の回廊は、息を吸うだけで芯から冷え込むように寒かった。

幸い、執務室は、暖炉に火が入れられているおかげで暖かい。

しかし、護衛についているバーナードも、チェスターも、湯浴みを済ませたというのに、今から仕事を始めるのは賛成しがたいという顔をしていた。

バーナードには、正面切って「お身体が冷えますよ。今夜はもう休まれたらいかがですか」と諫められた。

――わたしは、内心で、ふふふと悪い顔をしていた。

心配してくれているのに申し訳ないとは思うけれど、これも計画のうちである。


一通りの書類を片付けると、そろそろ休むといって、今度は私室へ向かった。

わたしの私室は、王女時代から変わらずに後宮にある。

お兄様にまだ妻子がいないこともあって、現在の後宮は、それほど立ち入りに関する手順が厳格なわけではない。それでも、近衛隊であっても無条件で傍に付き添えるのは、私室前の回廊までだ。中へ入ることは許されない。表向きは、そういうことになっている。

見張り番の衛士《えいし》が、私室の扉を開けてくれる。

わたしは一歩中へ入ると、そこで、いかにも、いま思い出したという顔をして、後ろを振り返った。

「あぁ、うっかりしていました。明日の予定について、話し忘れていたことがあります。あなたも入ってください、バーナード。打ち合わせをしましょう」

バーナードが、ぎょっとした顔になった。

しかし彼は、すぐにいつも通りの冷静な表情を取り戻していった。

「では、ここでお聞きします、殿下。そちらには入れませんので」

「困りましたね……。わたし、すっかり身体が冷えてしまって……。このままでは風邪を引いてしまいそうです」

　バーナードが『だから湯浴みの後に仕事なんかするなといったでしょうが』といわんばかりの顔をした。

　わたしは、ふふふと邪悪に笑って告げた。

「早く暖炉の傍へ行きたいわ。だから特別に、あなたも来てください。暖炉の前で、話をしましょう」

　それだけをいって、さっさと私室の奥へと進んでしまう。

　背後からは、低く唸るような声が「他言無用だ」と、脅しつけるようにいうのが聞こえた。

　それから、扉の閉まる音がした。

　わたしが満面の笑みで振り返ると、バーナードは思い切り渋い顔をしていた。

　彼は扉を背にして立ったまま、こちらへ近づいてくれる様子もない。

「話し忘れていたこととは何ですか、殿下」

「あなたが好きです、バーナード」

「…………………。一日一回の朝の挨拶でしたら、今朝すでに伺いましたが」

「あれは挨拶ではありません。愛の言葉です」

「わかりました。ご用件がそれだけでしたら、失礼いたします」

「待ってください。わたしたちはもっと、婚約者としての時間を持つべきだと思いませんか!?」

わたしがこぶしを握って訴えると、バーナードは、ひどく冷めた顔をした。

それから彼は、ふっと、嫌味に笑っていった。

「俺の意見を述べさせていただいても？」

「どうぞ。聞きましょう」

「では――、こんなくだらない真似をするために湯浴みをしてから執務室に戻ったのですか殿下は何を考えていらっしゃるんですか連日の激務でお疲れだというのに自分から身体を冷やす真似をしてそれほど体調を崩したいのですか阿呆《あほう》ですか殿下は俺が何度休んでくださいといったら聞く耳を持ってくれるんだ婚約者としての時間だとふざけるな今すぐベッドに入って毛布を被って温かくして寝ろ」

「……そんな畳みかけるようにいわなくても……、それとバーナード、息継ぎはしたほうがよいですよ……」

「今すぐベッドへ行け。寝ろ。休め。――俺のいいたいことは以上です、殿下」

バーナードがにこやかにいう。

その笑顔ときたら、完璧に、血塗れの猛獣のそれだった。

わたしは、彼を宥《なだ》めるように、片手を突き出していった。

「卑怯《ひきょう》な手を使ったことは謝ります。ごめんなさい」

「謝らなくていいから、さっさと寝室へ行って休んでください。だいたい、侍女たちはどこへ行ったんですか」

「ふふっ、全員、この時間帯は入ってこないように頼んであります」

「最悪だ……。わかりました、サーシャを呼んできます」

「そんな……っ、せっかくの二人きりなのですよ！」

「男と二人きりになってはいけないと教わらなかったんですか、殿下は！」

「あなたは婚約者だからいいのです！」

「まだ結婚していないから駄目です！」

わたしたちは睨み合った。

おかしい。火花を散らす予定ではなかったのに。二人きりになったら、もっとメロメロで甘々でいちゃいちゃな雰囲気になるはずだったのに。

わたしは少なからずガッカリして、しょんぼりと肩を落としていった。

「あなたは……、わたしと二人きりになりたいとか、そういうことを、思わなかったのですか……？」

バーナードが一瞬、息を詰まらせたのがわかった。

彼は、やがて、大きく息を吐き出すと、ずかずかとわたしの近くまで歩いて来て、止まった。恋人というほどには近くない、いつもの護衛としての距離だ。

わたしが恨めしく彼を見上げると、こげ茶色の瞳は、困ったようにわたしを見つめていた。

「それは、思いましたよ。今だって、思っています。あなたの時間が欲しいと。――――でも、殿下。俺は、何よりもまず、あなたが健やかでいてくれることが大事なんです。あなたが元気でいてくれるなら、俺はそれだけで」

「わたしはあなたといちゃいちゃいちゃいちゃすることも大事だと思っています！」

「そう、いちゃいちゃ……、ちがう！　俺は真面目な話をしているんですよ、殿下！」

「わたしも大真面目です！　……そっ、そうです、身体が冷えてしまいました、バーナード！」

「だから今すぐベッドへ入って」

「あなたの身体で温めてください！」

「――――………………すみません、殿下。今、なんと？　幻聴が聞こえた気がするんですが」

バーナードが、額を押さえていう。

わたしは、身振り手振りで、何もない空間をぎゅっと抱きしめてみせた。

「雪山で遭難したときには、こうやって、抱きしめ合って、温め合うのだそうですよ」

「なんだそのクソ知識。……あー、いえ、殿下はどこでそんな珍妙な情報を仕入れてきたんですか？」

「侍女たちがそう話しているのを聞きました」

「全員解雇しましょう」

バーナードは、それから、「平常心、平常心。首が一つ、首が二つ……」と呪いの言葉のようなことをぶつぶつと呟いた。

わたしは首を傾げて尋ねた。

「なにを呪っているのですか、バーナード？」

「呪ってはいませんが、死にそうな気分になってはいます。まったく、殿下はどうして、そういうところだけは箱入りなんでしょうかね。普段はちっとも箱に入っていてくれないくせにね」

「意味がわかりませんが……、ひとまず独り言はやめて、わたしといちゃいちゃしましょう」

こげ茶色の瞳が、じろりとわたしを見下ろした。

「参考までに聞いておきたいんですが」

「なんでしょう」

「殿下のいう、その、いちゃいちゃというのは、具体的にどういった行為を指すんですか？」

「そ……っ、それを聞くのですか……!?」

「ええ、まあ。想定している内容に、食い違いがあるとまずいですからね。むしろ食い違いしかない気もしていますが」

なるほど、と、わたしは頷いた。

もしかしたら、バーナードにとっては、こうやって話をしているだけでも、十分にいちゃいちゃしているという認識なのかもしれない。何なら、護衛として傍にいるだけでも、いちゃいちゃ扱いなのかもしれない。きっとそうだ。そう考えると納得がいく。婚約者になったというのに、彼がちっとも距離を縮める様子がなかったのも、これで説明がつくだろう。そうとも、わたしの魅力が足りないせいではなかったのだ。認識のずれが問題だったのだ。

わたしは、コホンと一つ咳払いをして、バーナードを見上げた。

……もっとも、見上げるといっても、こういうときのバーナードは、いつも少し背中を丸めて、なるべくわたしと目線の高さを合わせようとしてくれる。

護衛中は、背中に鉄の板が入っているといわれても不思議ではないほど、背筋をビシッと伸ばしているので、わたしと向き合うときだけだ。

わたしが見上げすぎて首が痛くなることのないようにと、気遣ってくれる。そういう、優しい人だ。

「バーナード、これはわたしが小耳にはさんだ情報なのですが」

「すでに嫌な予感しかしませんね」

「結婚前であっても、婚約しているのであれば、その……、きっ……、キスくらいはするものだぞうですよ……!?」

わたしは羞恥に耐えて告げた。

ここまでいってもダメなら、もう引き下がるしかないと思っていた。

バーナードは、特に表情を変えなかった。

彼はただ、二歩ほど近づいてきた。

バーナードが、わたしの正面に立つ。

それは、護衛ではなくて、恋人の距離だった。

「殿下」

「はっ、はい！」

「俺が前にした、護身術の話を覚えていますか？」

「は……？　……ええと、どういった話でしたか……？」

「護身術としては、相手の眼を抉るのが有効だという話です。親指で、こうやってね」

「ああ……、そんな話もしましたね……。ですが、それが今、何の関係が……？」

こんなにどきどきさせておいて、まさかわたしをからかっているのだろうか。

わたしは、そう、恨めしく睨みつけた。

バーナードは気に留めた様子もなく、淡々とした口調で続けた。

「俺は片目なら失っても大丈夫です。なくしたことはありませんが、自分の身体のことなので予測はつきます。片目なら失っても、殿下をお守りするのに支障はありません」

「待ってください、バーナード。本当に、いったい何の話を……」

わたしが戸惑って見つめると、彼は、少しだけ微笑んだ。

こちらを見るこげ茶色の瞳は、困っているようでもあり、自制しているようでもあった。どこか危うくもあり、ゾッとするような輝きも帯びていた。

そして、それらすべてをひっくるめて、愛に満ちているような眼差しだった。深い深い愛を、湛《たた》えているような瞳だった。

「アメリア様。少しでも嫌だと思ったり、怖いと感じたら、ためらわずに、俺の眼を抉ってくださいね」

どうしてそんなことをいうのか。

そんな真似ができるはずがない。

嫌だと感じることがあったとしても、そのときは口でいう。

あなたの眼を抉るなんて、わたしにできるはずがない。

……そう、いいたいことはたくさんあったのだけど。

恋人の距離にいるバーナードが、その硬い指先で、わたしの頬に触れる。

それだけで、わたしは、反論は後回しにしようと決めていた。

それから——、バーナードが、いつもよりも深く身を屈めてきたので、わたしは、そっと目を閉じた。

その後のことについては、そう。

——わたしが親指を使うことはなかったとだけ、いっておこう。

狂犬騎士と王妹殿下の
ダンスレッスン

第1章　チェスター・ルーゼンの考察

冬の始まりを感じる時期とはいえ、晴れた日の午後は暖かい。

俺は、アメリア殿下付き近衛隊の隊室で、年末の書類仕事に追われていた。

うちの隊長は実戦九割といった人なので、来年の予算案から部下たちの人事考査まで、隊を回すためのさまざまな事務仕事を片付けていくのは、副隊長である俺の役割だ。

もちろん、最終的には隊長に目を通してもらい、承認のサインを貰っているが。

あとはサインをすればいいだけという状態まで仕上げた書類の束を突きつけても、隊長は面倒くさそうな顔をするのだが、それでも、あの男の書類をめくる手がよどみないことを、俺は知っている。

隊長のことを『殺すしか能がない男』などと蔑む貴族たちもいるし、何なら隊長本人がそう自称することもあるが、副隊長の俺にいわせるなら、あの男に足りないのは能力ではなくやる気である。

隊長は、徹頭徹尾、アメリア殿下の身の安全以外に興味がないので、そこに関わらないあらゆる業務を俺に丸投げしてくるのだ。もっとちゃんと働いてほしい。

俺が、数字との戦いに疲れて書類を置くと、同じように書類仕事に励んでいたはずの部下が、小声でお喋りに興じているのが聞こえてきた。

「マジでひどくねえ？　五股かけられてたのはまだしも、なんで俺が選ばれねえの!?　ペローネちゃんの五人の彼氏の中で、絶対俺が一番いい男だぜ？　それなのに、ジミーと結婚するのって、そりゃあんまりだろ？」

「あの……、ライアン先輩、副隊長がこちらを見ていますので……」

「もうさ、世の中狂ってるとしか思えないよな。あのクソ狂犬隊長が婚約できて、この俺が未だにフリーだなんてさ。俺のほうが顔も性格も良くて、情熱的な尽くし系なのに。ペローネちゃんにだって、デートのたびにプレゼント贈ってたんだぜ？　喜んでくれてたのは嘘だったのか？　もう駄目だ、俺は立ち直れない」

俺は、静かに、ろくでもない部下の名前を呼んだ。

「ライアン。口よりも手を動かせ」

明るい栗色《くりいろ》の髪の部下は、こちらを向くと、なおも不満げな顔でいい募った。

「だって、聞いてくださいよ、副隊長。俺の愛しのペローネちゃん、五股かけてたうえに、俺じゃない男と結婚するっていうんですよ！」

「五股はともかく、お前を選ばなかったその女性には、人を見る眼がある」

ライアンは「ひでえ！」と叫んだが、どうせ明日には別の女性を追いかけていることだろう。

女好きでギャンブル好きで浪費家という、ろくでもない要素が詰まったこの部下は、裕福な男爵家の三男だ。

ライアンの父君は、一代で成り上がった凄腕《すごうで》の実業家で、貧乏な男爵家の跡取り娘であったライアンの母君のもとへ婿入りした。当時は『爵位目当ての結婚』と蔑まれることもあったそうだが、当の本人は、涼しい顔で「順序が違う。私が金を持っているから、彼女に求婚したのではない。私の愛する人が高嶺の花だったから、彼女に釣り合うように必死で金を稼いだのさ」といい放ったという。

そんな円満家庭の三番目の息子として生まれたライアンは、両親からも兄たちからも可愛がられ、愛されて育った。そして、その結果、思慮の足りない馬鹿息子になってしまった。有能に育っていた兄たちは頭を抱え、このままではいけないと両親を説き伏せると、末弟を独り立ちさせるべく、潤沢な資金とコネクションを活用して、近衛隊へ放り込んだ。

しかし、近衛隊でも、女好きのろくでなしは変わらなかった。

ライアンはすぐに問題児として頭角を現し、総隊長の頭痛のタネとなったのだ。

現在の近衛隊は、大まかに三つに分かれている。

まず、総隊長率いる近衛隊総隊。

これは近衛隊の本体といえるだろう。騎士団や衛士たちと協力して、王宮警備を行うと同時に、王家の方々が王宮から出て、会談や視察へおもむく際の安全な行路の選定と、そのための情報収集などを日頃から行っている。

そして、国王陛下付きの近衛隊。

ここは、近衛隊の花形といっていい。少しでも野心がある者なら、誰もが目指すポジションだろう。近衛隊に入る者は、生家では跡取りになることが難しい、三男以降の者が多いが、護衛騎士として陛下の信頼を得ることができたなら、ゆくゆくは王の側近として取り立てられることや、領地を与えられることも夢ではないからだ。

最後に、王妹殿下である、アメリア様付きの近衛隊。

本来ならここは、陛下付きに次ぐ花形と見られるはずだ。陛下付きほどではなくとも、総隊にいるよりは出世の目があるし、王家の方の護衛騎士として選ばれることは、十分に名誉なことだからだ。

しかし、現在、俺がいるこのアメリア殿下付きの近衛隊は、密かに『近衛隊流刑地』と呼ばれていた。

国内外に名高い隊長の悪名に加えて、隊員には問題児と変人ばかり集まっているからだ。

いや、正確にいうと、総隊長から押し付けられている。総隊長は、こちらの人員不足を思いやっての配置だというが、絶対に嘘だ。

隊長も断ってくれたらいいのにと思うのだが、あの男の選定基準は独特なので、一目見て問題ないと判断したなら、どんな人間でも部下として受け入れる。

性格に難があろうと、問題児だろうと、隊長は気にしない。

戦場で腕の一本、あるいは足の一本なくして、もはや前線に立つこともできず、帰る家もまたない、そういった者であろうと同じことだ。裏方の仕事をすればいいといって受け入れる。

隊長の基準は一つだ。

――アメリア殿下に対して、無害であるかどうか。

それだけだ。

隊長が一目見て、わずかでも有害であると判断したなら、どれほど評判の良く、有能な者であっても、断じて受け入れない。

あの男は、部下たちに、有能であることを求めない。

おそらく、戦いならば自分が、それ以外なら俺がいるからいいと思っているのだろう。

……かつては、アメリア殿下付きの近衛隊として、殿下が信頼を置ける相手は、俺と、殺人人形《キリングドール》に命が宿ったような少年の二人だけだった時代もあった。

まだ隊長があの男ではなかった時代だ。先王の命令によって選ばれた、いつ殿下を裏切るかわからない連中を、殿下の傍に置かなくてはならないことは、俺にとっても臍《ほぞ》を噬《か》む思いだった。あの殺人人形《キリングドール》も、よく耐えたものだと思う。殿下の許可さえあったなら、即座に俺以外の全員の首を落としていただろうが。

今や隊長の地位にあるあの男が、部下たちに望むのは、役に立つことではない。

ただひたすらに、アメリア殿下に対して無害であることだ。

そうでない人間を、隊長は決して、殿下付きの近衛隊に入れない。

隊長の気持ちはわかる。

その選定に誤りがないことも知っている。

考え方が間違っているともいわない。

……だけど、実際に、実務を回している俺としては、

「問題児ばかり引き受けるな!!　断ってくださいよ!!　ねえ!!　身体的に戦えないだけならともかく、女性と金にだらしない遅刻魔を入れるな!!」

と、叫びたいところでもある。

ちなみに、いうまでもなくライアンのことだ。

だいたい、女好きなのに、殿下の護衛騎士にして大丈夫なのか？　と思ったが、隊長の見る眼は確かなので、ライアンは殿下にいい寄るような愚かな真似はしなかった。

そこはさすがにわきまえているのかと思ったが、本人はけろっとした顔で「あ〜俺、殿下みたい

なタイプは好みじゃないんスよね。俺はもっと胸がでか……」といい出したので、とっさに口をふさいでおいた。

聞いていたのが俺でよかったと思え。隊長に聞かれていたら、いくら無害であっても首が飛んでいたぞ。


そのライアンは、未だに隣の席のサイモンに向かって、ペローネちゃんがどうこうなどと、やくたいもない愚痴を零し続けている。

これがサイモン以外の隊員だったら、いつものことだと無視できるだろうが、新人のサイモンには、あしらうことも難しいのだろう。

俺は目をすがめてライアンを見ると、いっそ優しい声でいってやった。

「お前、そんなに暇なら、ここにいる必要もないな。殿下の婚約者付きの近衛隊に、俺から推薦してやろう」

「すいませんでした!! わー、お仕事いっぱいあるー! がんばろー!」

「お前も知っての通り、殿下の婚約者付きの近衛隊は、まだ一人も配属されていないからな。お前が隊長になれるぞ、ライアン。出世だな、おめでとう」

「それ、隊長っていわないでしょ!? 何かあったら真っ先にクソ狂犬隊長に首を落とされるポジションでしょうが! だいたい、あんな人外に護衛をつけようっていう発想がおかしいんスよ!」

「王家の慣例だ」

「それは相手が人間の場合でしょ!?　あんな人の皮を被った呪いの魔剣に、護衛騎士なんていらないっスよ！　いくら殿下の婚約者だからって、護衛が必要な男に見えますか、あの狂犬隊長が!?」

◇

通常、王家の方の婚約者となれば、婚約が公式に発表される前から、総隊長によって密かに人員の選抜が始まるものだ。婚約発表後には、婚約者専属の近衛隊隊員も公表される流れになっている。

しかし、隊長の場合は事前の選抜は行われず、婚約発表後も総隊長は何も動く様子がなかった。

これは別に、総隊長に悪意があったという話ではなく、純粋に、あの隊長に護衛をつけるという発想が浮かばなかっただけだろう。正直なところ、俺も、新たな近衛隊が選抜されなくとも、なんとも思わなかった。おそらく、ほとんどの人間がそうだったんじゃないだろうか。

しかし、例外もいた。

アメリア殿下である。

あの人外の男が人間として見えている、この世で唯一の御方ではないかと思われるアメリア殿下は、婚約発表から数日後の御前会議の後で、いつも通りの穏やかな微笑みを浮かべて、総隊長へ声をかけた。

「バーナード付きの近衛隊の選抜は進んでいますか？　なかなか、難しいでしょうから、わたしで力になれることがあれば、いつでもいってくださいね」

総隊長は、戸惑った顔をした。

その場に残っていた陛下は、不思議そうな顔をした。

当事者である隊長も、わずかに眉間にしわを寄せて、意味を問うように俺を見た。俺は視線だけで、隊長に『いや俺もわかりません、何の話なのか』と返した。

総隊長は、恐る恐るといった様子で殿下に尋ねた。

「申し訳ないのですが、殿下。殿下のおっしゃるバーナード殿というのは、どこのバーナード殿でしょうか……？」

「ここにいるバーナードですよ？」

そこで殿下は、何かに気づいた様子で、困ったように微笑まれた。

「わたしたちの婚約も、急な話でしたから、まだ近衛隊の選抜まで手が回っていないのでしょうか？　だとしたら、ごめんなさいね。急がせるつもりではないのです」

「待ちなさい、アメリア」

陛下が、驚愕の顔で声をかけた。

「お前はまさか、そこの狂戦士《バーサーカー》に、護衛をつけるつもりなのか？」

「わたしの婚約者ですから。お兄様の未来の義弟でもありますしね」

「私に義弟など未来永劫存在しないが、たとえ婚約者であっても、いらんだろう!?　一人で三千の兵を殲滅した男だぞ？　護衛という概念が成り立たんだろう、呪いの魔剣には！」

「実力でいうなら不要でしょうけど、でも、お兄様。王家が婚約者に護衛をつけなかったという、悪しき前例を作ってしまうのも、問題がありますでしょう？」

「それは……、お前のいうことはもっともだが、いや、しかしな」

陛下は、苦々しく、重々しい声でいった。

「その辞令を引き受ける者はいないだろう。近衛隊が総辞職してしまうぞ。チェスター以外は誰も残らん」

俺が残ることは決定なのか。

俺は、陛下の信頼が嬉しいような、そこを当てにされるのは嬉しくないような、複雑な気持ちだったが、総隊長は、しきりに頷いて同意を示していた。

隊長は、困ったように軽く首を傾げていった。

「殿下、進言をお許しいただけますか？」

「どうぞ、バーナード」

「王家の慣例は知っていますが、俺は殿下付きの近衛隊隊長です。その俺に、近衛隊をつけるというのは、現実的には難しいんじゃありませんか。殿下のご懸念はわかりますが、婚約者が隊長職にある際は除外するということで、いいんじゃないですかね」

「ほう」と、陛下が感心したように隊長へ目をやった。

「たまには貴様もまともなことをいうではないか、狂戦士《バーサーカー》よ」

「それに、俺につく近衛隊とやらが、殿下をお守りするのに邪魔になったら、せっかくご配慮くださった殿下には申し訳ないですが、俺は躊躇しませんよ。誰の首を落とそうとも、あなたの身の安全が最優先です」

「ははっ、貴様を一瞬でも見直した私が愚かだったな」

「王家の婚約者が、近衛隊の首を根こそぎ落としたというのも、悪しき前例になってしまうでしょう？」

「前例の問題ではないわ大馬鹿者が」

「さっきからごちゃごちゃと殿下の兄君がうるさいですが、俺は殿下のお言葉に従います。ただ、俺の意見としては、俺に近衛隊などつけないのが最善だと思いますよ」

陛下の額に青筋が浮かんだところで、殿下はたしなめるようにいった。

「バーナード、わたしは陛下のお言葉に従いますよ」

「殿下がそうおっしゃるのでしたら、そのように」

そうして、その場の全員から指示を仰ぐように見つめられた陛下は、深いため息をついてから
「悪しき前例とならないよう、手順を検討しよう」といって、一時保留としたのだった。

◇

その後、陛下の補佐官たちの手によって、王家の婚約者に近衛隊をつけないという、今回の件が、いかに例外的措置であるかを懇切丁寧に記述した公文書が作られ、この件は終了となった。

しかし、あの狂犬隊長に近衛隊をつけようという動きがあるとの噂は、瞬く間に広まってしまい、総隊にいる友人知人たちから怯え切った顔で取り囲まれて、俺は質問攻めにされる羽目になった。

皆、うちの隊長が怖いからって、俺を問い合わせ窓口代わりにするのはやめてほしい。

だいたい、隊長は確かに恐ろしいが、アメリア殿下に対して危害を加えるような真似をしなければ、剣を抜くことはしない人だ。普通に話をする分には、そこまで心配しなくても大丈夫なのだ。

隊長は、隊長本人への侮蔑や暴言には反応しない。隊長自身への言葉であるなら、何をいわれようと、眉一つ動かさない。おそらく本気でどうでもいいのだろう。

ただし、その場にアメリア殿下が同席している場合は、殿下が腹を立てるし、殿下が動くことがあれば、必然的に隊長も動くので、そのときは死を覚悟しておいてほしい。

◇

そんな狂犬隊長であるが、本日は休みだ。

正確にいうと、近衛隊としては非番で、殿下の婚約者として、来週のお披露目パーティーの準備やリハーサル等《など》に駆り出されている。

隊長は、今まで夜会などで、護衛騎士として殿下の後ろに控えることは数多くあったが、婚約者として殿下の隣に立つことは今回が初めてだ。

王家には、定められた手順やしきたりも多い。陛下からは「アメリアに恥をかかせるような真似は許さんぞ！」と厳命されていることもあって、式典の担当者たちは怯えながらも必死で隊長を指導しているらしい。

もっとも、隊長は、呑み込みが早いうえに、身体能力が異常だ。俺はさほど心配していなかった。おそらくアメリア殿下もそうなのだろう。殿下はただ、リハーサルなどで隊長と一緒に過ごせることが嬉しいという顔をされていた。

……一部の口さがない貴族たちは、殿下と隊長の婚約について「陛下は、あの狂犬の強さを手放すまいとして、妹君を生贄《いけにえ》に差し出したのだ」などと囁き合っているらしい。

祝い事をいぶかった眼で見るのは貴族のさがだろうが、それにしても憶測に穴がありすぎるだろうと思う。アメリア殿下を生贄にするなど、この世の誰が認めようとも、隊長は断じて許さない。

そもそも、殿下を『手に入れたい』という欲望だけで動いているなら、あの方をさらって逃げてしまえば済む話だ。国中から兵士をかき集めようとも、隊長の足を止めることはできないのだから。

だが、隊長がそんな真似をする日は、決して来ないだろう。あの男が、殿下の意志を無視できるのは、その身に危険が迫っているときだけだ。殿下の心よりも優先するべきものがあるとしたら、それは殿下の生命《いのち》だけなのだ、隊長にとって。

まあ、内情を知らない者たちが勝手な憶測で盛り上がるのも、社交界ではありふれた光景だ。それはそうなのだが……。

しかし、俺としては、節穴な連中に対して、殿下のあの、隊長へ向ける輝くような眼差しを見てみろといいたくなる。

隊長のあの、殿下を見つめる深く重い眼差しも見てみろといいたいところだ。

二人の間に、婚約前とは違う、蜂蜜よりも甘ったるい空気があることに、連中は気がつかないのだろうか。

俺は、正直にいうと、あの二人の婚約に批判的意見をいってもいいのは、この世で俺だけではないか？　と思っている。

だって、俺は、あの流血夜会事件の後から、およそ二年間、もしや俺が殿下の夫になるしかないのか、いやしかし、殿下と隊長のお気持ちはどうなんだと、胃が痛くなるほどに悩んできたのだ。

——相思相愛なら、もっと早くそういってくれよ!!　さっさとくっついてくれ!!

と、俺が叫びたくなったところで、咎められる人間はいないはずだ。

俺も成人している男であるから、叫ばないで我慢したけども。

陛下としては、隊長を殿下の夫とするのは、可能な限り避けたい事態だったのだろうとも、察せられるけれども。

俺は、そこまで思い返してから、はあとため息をつくと、再び書類を手に取った。

今日中には終わらせてしまいたいと、数字に集中しようとした。

そのときだ。

隊室のドアが勢いよく開いて、男が飛び込んできた。

「チェスター、助けてくれ」

そう、珍しく動揺した顔でいったのは、礼装姿の狂犬隊長だった。

隊長がうろたえるなど、めったにないことだ。

「殿下に何かあったんですか!?」

俺は思わず立ち上がったが、すぐに思い直した。

殿下に何かあったなら、隊長がここにいるはずがない。殿下のお傍を離れるはずがないのだ。

俺の予想通り、隊長は「殿下は無事だ。何も問題はない」といいながら、俺のもとまでやってきた。

「チェスター、お前、ダンスは得意だったな?」

「いえ、得意というほどでは」

「女側のパートも踊れるか?」

「踊れません」

突然なにをいい出すんだ、この男は。

俺の冷たい視線をものともせずに、隊長は続けた。

「今すぐ覚えろ」

「嫌ですよ」

「完璧にマスターしろ。一時間だけ待ってやるから」

「一時間で振りつけが覚えられると思いますか!?」

「じゃあ一時間半でどうだ」

「譲歩してやったぞみたいな顔をしないでください」

「お前ならできる」

「できません」

「お前なら大抵のことはできる。俺はそう信じている」

「そうやって俺に面倒事を押し付けようとするの、これで何十回目だか覚えていますか、隊長？」

「お世辞じゃない。俺は本心から、お前なら何でもできると思っている」

「最悪の信頼を向けてこないでください」

「頼む、チェスター。女側のパートを踊れる奴が必要なんだ」

そう頭を下げられて、俺の心も一瞬揺らぎそうになった。

しかし、すぐに思い直した。どうにも嫌な予感がする。俺の長年の経験が、断固拒否すべきだと告げている。

俺が、意志を強く持って、再度お断りしようとしたときだ。

ライアンが、下心丸出しの笑顔で大きく手を挙げた。

「はいっ！　俺、女性パート踊れますよ、隊長！」

「……ライアンか……」

「なんスか、そのガッカリ顔！　俺、ダンスは超うまいんですからね！　女性パートだって、手取り足取り教えられますよ！　ねっ、それで誰に教えるんですか!?　やっぱり殿下の侍女の方々ですか!?」

「まあ……、似たようなものだ」

絶対に嘘だろうなとわかる口調で隊長は答えた。

しかし、ライアンは疑うそぶりもなく「やった！」と嬉しそうにこぶしを握った。

「任せてください！　俺がつきっきりで指導させていただきます！　それで、お相手はどなたですか!?　アッ、待って、当ててみせましょう、ダンスが苦手そうな侍女の方といえば、夜会に出ないベッツイーちゃん!?　魅惑のジョージアナちゃん!?　あぁもしかして麗しのジュリアさんだったりしま――――ッ!?」

ライアンは、最後までいえなかった。

気づいたときには、その首に、抜き身の剣が当てられていたからだ。

口を開けたまま、硬直しているライアンと、無表情で剣を突きつけている隊長を、交互に見やってから、俺はしみじみといった。

「相変わらず、隊長の剣筋は見えませんねえ」

「今いうべきなのはそこじゃないっスよね副隊長！？！」

ライアンが、ガタガタと、大きく縦に震えた。

横に震えると首と胴が泣き別れしてしまうので、必死に縦揺れしている。

「ななな っ、なんですか隊長!? 俺が何をしたっていうんスか!?」

「殿下の侍女たちの名前なんて、お前、どこで調べてきた？」

「そっそそそ、そんなのちょっと聞けば誰にだってわかりますよ！　えっ、俺なにか疑われてます!?　なんで!?」

「詳しすぎると思わないか。侍女たちの誰が夜会に出ないかということまで、把握しているとはな。何の意図を持って調べた？　正直にいえ。偽るならお前はここで死ぬ」

「やだあああ、殺さないでえええええ、お近づきになるために調べましたああああ」

「侍女に接触して、その後は？」

「恋人になってえっちなことしたいなって思ってましたああああああ」

隊長が、微妙そうな顔をした。

俺は、これ以上、男の欲望も悲鳴も聞きたくなかったので、仕方なく声をかけた。

「隊長、ライアンは、殿下に対して害はありませんよ。少なくとも、隊長の基準でいうなら無害です」

「あぁ、まあ、それは見ればわかるんだが……、侍女の名前まで把握しているのが不気味でな」

ライアンが、いきり立って叫んだ。

「侍女の名前くらいなんだっていうんですか！　俺は王宮内のほとんどの女性の名前を覚えていますよ!!　いつどこで新たな出会いがあるかわかりませんからね！　年齢・身分・職種を問わず、新しい女性を見かけるたびにチェックしてます！」

「チェスター、こいつは投獄したほうがいいんじゃないか？」

「隊長が引き受けるから悪いんでしょうが。総隊長に断ってくれたらよかったのに」

「なんなんスか、二人とも！　ちょっとモテるからって上から目線で！　でも最後はマメな男が勝つんですからね！　俺みたいな情報通の部下がいてありがたいと思ってくださいよ！」

「率直にいって気持ちが悪いな、お前」

「普段の俺の苦労が少しはわかりましたか、隊長」

◇

近衛隊には、専用の訓練所がある。

さほど広くはなく、ただ雨風がしのげるだけの建物なので、普段はあまり使われていない。近衛隊全体が集まる必要があるときに、小ホール代わりに使われるくらいだ。

サイモンに留守番を頼んで、隊室を後にした、俺と隊長とライアンは、その訓練所を訪れていた。

「侍女の方々は!?　俺の指導を待ち望んでる女性たちはどこにいるんスか!?」

がらんとした訓練所内を見回して、ライアンが不安そうに尋ねる。

隊長は、嫌々といった様子ながらも、ライアンの肩を摑んで告げた。

「女側のパートを踊れるんだろう？　俺の練習に付き合え」

「はっ……？　はあ……!?」

――まあ、そんなことじゃないかと思ったんだよな、俺は。

弦楽器をケースから取り出しながら、俺はひとりごちた。

この楽器は、訓練所に来る途中で、王立楽団に所属している友人から借りたものだ。こんなことになるんじゃないかと思ったのだ。

俺は弦の具合を確かめながら、隊長に尋ねた。

「殿下とのダンスのリハーサルに、失敗したんですか？」

「……これほど難しいとは思わなかった」

隊長は、珍しく苦悩している顔でいった。

「殿下は大丈夫だと笑ってくれたが、俺がぶざまな姿をさらして、殿下に恥をかかせるわけにはいかない。……くそ、想像しただけで、はらわたが煮えくり返るな。殿下を侮辱するような屑どもは、一人残らず首を落としてやりたい」

「でも、今回の原因は隊長なんでしょう？　予定としては」

「だから最後には俺自身の首も落とす」

「これで万事解決みたいな顔をしていわないでくださいよ。最悪のバッドエンドでしょうが」

「そうだな。俺がいなくなったら、誰が殿下をお守りするのかという問題があるからな」

「隊長以外にも近衛隊はいるという事実をいつも忘れてますよね、あんたは」

俺が、試し弾きをしながらいうと、ようやく事態を理解したらしいライアンが、真っ青になって叫んだ。

「ままま っ、まさか俺に、隊長と踊れと!?　どんな地獄っスか!?」

「本番まで日がないんだ。訓練を重ねるしかない」

「絶対嫌ですううう!!　こんなの詐欺だ！　てか、なんでダンスくらい踊れないいんスか!?」

ライアンが、信じられないという顔で、長身の男を見上げていった。

「隊長のその、異常で人外な身体能力をもってすれば、ダンスくらい簡単でしょ!?　踊れないなんてありえるんスか!?　一人で三千の兵を潰すより遥《はる》かに楽勝でしょうが！」

それは、俺も疑問に思っていたことだった。

隊長は別に、剣を振るうしか能がないというわけではない。この男は、剣を持っていなくとも異常に強いのだ。素手でも三千の兵を壊滅できるだろう。確かに、殺すことに特化した才能だろうが、そうかといって、ダンスに手こずるとは思わなかった。

しかし、隊長は、苦々しい顔でため息をついた。

「いいからやるぞ。チェスター、適当に弾いてくれ」

「夜会用の曲にしておきますよ」

「ちくしょう、このことはいいふらしてやる、あの狂犬隊長がダンスも踊れない男だって、王宮中にいいふらしてやるっ、ダンス下手くそ男だって広めてやりますからねえええ!!」

ライアンは、そう涙目で叫びながら、隊長に無理やり手を掴まれて、踊り始めた。

――そうして、俺が一曲弾き終わった頃だ。

ライアンは肩で息をしていた。

俺は弦楽器を手にしたまま、首を傾げていた。

隊長は、ライアンを見下ろして、呆れたようにいった。

「お前、ダンスが下手だな」

「女性パートなんだから仕方ないでしょうがッ!!　それより隊長は何なんスか!?　これのどこが、ダンスが下手くそだっていうんですか!」

そうなのだ。

俺の見る限り、隊長の動きは完璧だった。

ライアンは、できると大口を叩いていたものの、実際には知識として知っている程度だったのだろう。全体的に動きがぎこちなく、足さばきを間違えることも、テンポがずれることもたびたびあった。

そして、その都度、隊長が完璧にフォローしていた。

ライアンは悲鳴混じりに踊っていたが、隊長は、ライアンがどんなミスをしようとも、眉一つ動かさずに、うまく次のステップへつなげてやっていた。

「問題はないように見えましたが……、隊長？」

隊長は、眉間にしわを寄せながら、自分の手を開いては閉じることを繰り返していた。

「力加減がわからなくてな。……踊るときに、手を握るだろう？」

「それがなにか？」

我が国の夜会において、ダンスの基本の型というのは、男性と女性が向かい合って片手をつなぎ、もう片方の手で、男性は女性の背中から腰の辺りに手を添えて支え、女性は男性の肩に手を置くというものだ。

隊長は真剣な顔でいった。

「俺が力加減を誤って、殿下に痛い思いをさせたくない」

ライアンが冷めた顔をして、馬鹿にするようにいった。

「なんスか、それ。ノロケですか？　彼女にフラれたばかりの俺の前でノロケですか？　可愛い部下への思いやりはないんスか？　緊張でちょっと強く手を握りすぎちゃって、彼女に『もう、痛いってば、ライアンったら』とたしなめられるのなんて、俺だってやりたいですよちくしょう！」

「ライアン」

隊長は、薄く笑った。

「俺は素手で、お前の頭を、トマトのように握り潰せる」

「殺人鬼だーっ！　う、嘘でしょ、隊長ってそこまで人外だったんですか!?」

「まあ、隊長ならできるでしょうけど」

ライアンが「副隊長もなにを平然としてんスか!?」と叫んだが、このくらいで驚いていたら、この男の副隊長などやっていられない。

だいたい、その程度のことは、俺以外の近衛隊の古参メンバーも知っているし、もちろん殿下もご存じだ。

「でも、隊長が今まで、力加減を間違えたことなんてないでしょう？　勢い余って何かを壊したこともありませんし、隊長が壊すときは、意図して壊していたでしょう」

「相手は殿下だぞ。壊しても問題ないものとは一緒にできない」

「ライアンとだって、完璧に踊れていたじゃないですか」

「何をいっているんだ、チェスター。ライアンの骨は砕いても問題ないが、殿下は違うだろう」

「隊長こそ、なにいってんスか!?　大問題ですよ！　俺の手を砕いたら、俺の実家が黙ってませんからね！」

ライアンの情けない叫び声を完璧に聞き流して、隊長は苦悩する顔でいった。

「だいたい、殿下の手ときたら、細くて、柔らかくて、華奢すぎる。殿下は食事量を増やしたほうがいいんじゃないか？　俺が触れるだけで折れてしまいそうだ」

それはさすがにいいすぎだろう。

殿下は細身ではあるが、痩せすぎというわけではない。それに、日頃から、重臣たちや他国の要人相手に、会議や会談にと忙しい方だから、その分、食事はきちんとなさっているし、体調管理にも気を配われている。まあ、必要だと判断されたら、いくらでも無理をされる方でもあるのだが。

もっとも、この世に恐れるものが何一つないのだろうと囁かれる、人の皮を被った呪いの魔剣と評判の隊長が、唯一恐怖することが、殿下が傷つくことだ。多少大袈裟になってしまうのも仕方ないのだろうと思いつつ、俺は宥めるようにいった。

「殿下が相手でも、隊長が力加減を間違えたことはないでしょう？　ほら、昔は、丸太を担ぐ木こりのように殿下を肩に担いで、敵陣を駆け抜けたこともあったじゃないですか。俺が何度やめろと叫んだことか」

「なにやってんスか隊長」

ライアンが思わずというように呟いたが、俺もこればかりは同感である。

女性の身体にみだりに触れてはいけない、という以前に、殿下を荷物のように肩に担いで走るのはやめてほしかった。

殿下だって、一番初めに、突然担ぎ上げられて「悪い、姫様。少し我慢してくれ」とだけいわれ、殿下を担ぐのとは逆の手で剣を振るって道を切り拓いていく殺人人形《キリングドール》の服に、必死でしがみついていたときは、真っ青な顔をしていたものだ。

殿下はお優しい方だから、窮地を切り抜けて地面に降ろされた後も、殺人人形《キリングドール》を責めるようなことは口にせず、ただ「少し、びっくりしました……」と、身体を震えさせながらも、微笑まれていたが。

そして、殿下は順応性が高い方でもあるので、段々と慣れた様子になって、しまいには「担がれるときのコツを摑んだように思います」と嬉しそうにいっていたけれど。

だが、どう考えても姫君が慣れるべき事柄ではない。荷物のように担ぐな。

俺がどれほど説教しても、絶叫しても、聞く耳を持たなかった、かつての殺人人形《キリングドール》かつ現在の狂犬隊長は、相変わらず反省の色が見えない顔でいった。

「あれは、殿下の身の安全を確保するために、最善だと判断したからやったんだ。俺は、不必要に殿下に触れる真似はしない。緊急時だったから、やむを得なかったんだ。お前だってわかっているだろう」

「ええ、俺も何回もいいましたが、触れる触れない以前の問題です」

だいたい、と、俺は渋い顔のまま続けた。

「殿下を肩に担いで、崖から飛び降りたことだってあったじゃないですか」

「本当になにやってるんスか隊長!?」

まったくだ。

俺はライアンの言葉に、深々と頷いた。

いくら窮地だったとはいえ、いくら敵に囲まれていたとはいえ、殿下を担いで崖から飛ぶな。

俺は、人生であれほど絶叫したことはない。

敵に待ち伏せをされて、殿下たちと離れ離れになってしまったと焦っていたら、殺人人形《キリングドール》が殿下を担いだ体勢で飛び降りるのが見えたのだ。

目の錯覚だと思いたかったが、俺は、あの少年ならやりかねないと知っていた。

俺は絶叫し、がむしゃらに二人が落ちただろう場所へと走ったが、たどり着くと殺人人形《キリングドール》はピンピンしていた。その一方で、殿下はさすがに足が震えて立てないでいた。当たり前である。

殺人人形《キリングドール》も、殿下を怖がらせたことだけは謝っていた。

俺が当時を思い出して、しみじみと胃痛を感じていると、隊長は渋い顔でいった。

「誤解を招く言い方はよせ、チェスター。あれは岸壁に剣を突き立てて、勢いを殺しながら降りたんだ。飛んだわけじゃない」

「訂正するところ、そこなんスか!?　そこしかないんスか!?」

「必要だからやっただけだ。みだりに触れたわけじゃないぞ」

「聞きたいのはそこじゃないんスけど!?」

ライアンが叫んだが、隊長は『うるさいな、コイツ』といわんばかりの顔をした。

冬の太陽は沈むのが早い。訓練所は肌寒く、窓から差し込む陽射しも、少しずつ傾いてきている。

俺は、この不毛なやり取りに終止符を打つべくいった。

「緊急時に力加減ができるのなら、平時にもできますよ。それでも心配なら、殿下に打ち明けて、練習に付き合っていただきたいとお願いするべきです。ライアン相手に何十回踊ったところで、力加減は学べないでしょう」

「それじゃ殿下が痛い思いをするかもしれないだろう」

「いいですか、隊長。さっき、このろくでもない部下がいった通り、緊張のあまり、手を強く握ってしまって、たしなめられるというのも、婚約者同士ならありふれたやり取りです。気負わずにいってください」

「そうっスよ。まあ、俺は昨日フラれましたし、副隊長は婚約者に捨てられましたけどね！」

「ライアン。俺も、隊長ほどではないが、剣の腕にはそれなりに覚えがある」

優しい声でいってやると、余計なことしかいわない部下は、ひっと叫んで後ずさった。

隊長は呆れたようにライアンを見ていった。

「お前とチェスターを一緒にするな。チェスターは大抵のことはできる男だぞ。コイツにないのは女を見る眼だけだ」

「隊長。俺に、死を覚悟したうえで、隊長に決闘を申し込めということですか？」

「悪かった」

隊長が、降参といわんばかりに両手を上げてみせる。

俺は嘆息した。

こういうところは素直なんだよな、この男は。やることもいうことも無茶苦茶なんだが。

しかし、隊長は、なおも頑固にいい張った。

「とにかく、殿下に痛い思いをさせるわけにはいかないんだ。俺は、力加減を身につけるまで、ライアンで練習する」

「勝手に決めないでほしいんスけど!?」

「チェスター、お前のいうこともわかるが、殿下は我慢強い方だ。多少痛みを感じても、俺に気を遣って、何もいわない可能性が高い。そんな事態を引き起こさないためにも、俺には練習台が必要だ」

「俺、生きた人間ですからね!?　献体された遺体じゃないですからね!?　隊長の可愛い部下っスよ!?　わかってます!?」

俺は、どうしたものかと頭を悩ませた。

隊長が殿下の我慢強さを心配することも、根拠のない話というわけではない。

実際に殿下は、過労がたたって倒れたこともある。


あれはまだ、当時は王太子殿下だった陛下と、先王を傀儡《かいらい》にする派閥との対立の趨勢《すうせい》が、誰の目にも見えていなかった頃だ。

旗色を決めかねている地方領主たちを味方につけるために、アメリア殿下は各地を飛び回っていた。

一度で駄目なら二度、三度、四度五度と、殿下は説得のために足を運び続けた。

殿下は、自分よりも何十歳も年上の狸親父《たぬきおやじ》や、狡猾《こうかつ》な老人たちを相手に、一歩も引くことがなかった。どれほど侮られても怒りを見せず、恫喝《どうかつ》されようとひるむことはなく、冷たくあしらわれようと諦めることはなかった。ただただ、粘り強く、根気良く、交渉材料を探し出し、相手を話し合いのテーブルまで引きずり出していた。

……そんな日々を送っていては、心身ともに擦り減らないはずがない。殺人人形《キリングドール》のような少年は もちろんのこと、俺もサーシャも、殿下に休息を取ってほしいと懇願した。だが、殿下は聞かなかった。

父君と対立し、王宮内で味方の少ない王太子だった陛下にとって、妹君である殿下ほど、信頼の置ける臣下はいなかった。

――――王太子殿下は、自分が自由に動けない分までアメリア殿下を動かすしかなく、殿下もまたそれを理解していた。

大貴族の家に生まれた俺としては、当時の王太子殿下のお気持ちや立場は理解できたし、同時に、アメリア殿下をいいように使いすぎではないかという憤りもまたあって、複雑なところだった。

だが、隊長は違う。隊長にとっては、殿下が健やかであることこそが最優先事項だ。隊長が今でも陛下を敵視しているのは、かつて、陛下の命令が、殿下を何度も危険に晒《さら》したからだ。

国を守るために仕方のないことだった。あのままでは我が国は分断され、分裂し、四方八方から他国に呑み込まれていただろう。陛下と殿下、お二人の並々ならぬご尽力があったからこそ、今の平和がある。殿下の周りの者たちは、俺を含めて皆、それをわきまえているし、なにより殿下自身に、兄君に対するわだかまりはない。殿下は昔からずっと、兄君を尊敬し、ただ一人の王として仰いできた。

けれど、隊長はずっと怒っている。

アメリア殿下に剣を捧げたあの男は、金の髪に空色の瞳を持つ、ただ一人の美しい人のために、ずっと怒っている。

……あの頃、国内を飛び回っていた殿下は、あるとき突然倒れた。

本当に、突然だった。その直前まで、普通に話をしていたのだ。

沿岸地方へ向かう途中で、さほど高級ともいえない宿の一室だった。

次の交渉相手との取引材料について、補佐官と打ち合わせていた殿下は、椅子から立ち上がろうとしてふらつき、そのまま意識を失った。とっさに、殺人人形《キリングドール》のような少年が抱きとめていなかったら、殿下は頭から床にぶつかっていたかもしれない。

幸い、殿下は数時間で目を覚ました。そして、恥ずかしそうに、少し立ち眩《くら》みがしただけだといった。心配しなくていいと。これ以上休む必要はない、予定通りに出発すると。

殺人人形《キリングドール》はいった。

「なあ、姫様。俺が、その交渉相手とやらの首を獲ってきて交渉ごと潰すのと、大人しく休むの、どっちがいい？」

本気の眼だった。殿下が、なおも無理を押して出発しようとするなら、間違いなく剣を振るうだろうと思わせる瞳だった。

殿下は折れた。実際、限界が来ていることは、殿下自身も自覚していたのだろう。もそもそと寝台へ戻り、毛布を被って「少しだけ休みます。少しだけですよ」といった。殿下もたいがい、頑固な方なのだ。

……あの頃を思えば、隊長が殿下に対して心配性なのも、理解できる話ではある。

とはいえ、ここでライアン相手に練習をするのは、どう考えても間違った選択だ。女心に疎い俺でも、そのくらいはわかる。

もしも、隊長が、殿下とは練習しないといい張る理由が、好きな女性にみっともないところを見せたくないという男の見栄などだったら、俺も説得のしようがあっただろう。

だが、隊長の頭にあるのは、殿下に痛みを与えないことだけだ。本気でそれしか考えていない。

俺は、頭をひねった末に、攻め方を変えることにした。

「では、殿下に許可をいただいてきてください。殿下がお許しになるなら、練習台としてライアンを貸しましょう」

「貸さないでくださいよ!? なにいってんスか、副隊長!?」

「どうして殿下にそんな話をする必要があるんだ。殿下を煩わせるな」

「俺が一番煩わされてるんスけど!?」

俺は、ふっと、恋愛上級者のごとく、訳知り顔で微笑んでみせた。

「いいですか、隊長。逆の立場になって考えてみてください。婚約お披露目パーティーも差し迫ったある日のこと、殿下が侍女相手にダンスの練習をしているという噂が、隊長の耳に飛び込んでくるんですよ。隊長が練習相手になることを拒んだわけでもないのに、なぜか侍女と。さあ、隊長はどう感じますか？」

「政務で忙しいんだから休んでほしい。そんな練習はしなくていい。たとえ殿下に足を踏まれようとも何とも思わん」

「そういうことじゃないんですよね……」

なんて女心がわかっていない男だろうか。

婚約者に裏切られた俺がいうのもなんだが、これほど女性の気持ちに疎くて大丈夫なのか、この男は。

いや、しかし、万が一にも、女心がわからなすぎて殿下にフラれるようなことがあったら、大惨事だろう。殿下にクビをいい渡されただけで、二国の王を殺しに行こうとしていた男だ。殿下にフラれでもした日には、国が滅ぶかもしれない。

俺は胃痛と頭痛を同時に感じながらも、懸命に言葉を重ねた。

「どうして自分に頼んでくれないんだろうと思いませんか？　付き合いも長く、ほとんど毎日顔を合わせているんですよ？　それなのに、殿下が侍女と練習していたら、自分に何か落ち度があったのだろうか、殿下のお心を損ねてしまったのだろうかと、不安を覚えませんか？」

「いや、俺と練習するよりは、侍女のほうがいいんじゃないか？　まあ、練習自体しなくていいと思うが」

「くっ……、ですが、殿下は気にされるかもしれません。隊長がライアンと練習しているなんて噂が耳に入ったら、ショックを受けるかもしれませんよ」

「――――つまり、ライアンの口をふさげと？」

ライアンが悲鳴を上げて俺の後ろに隠れた。

俺は、重々しく首を横に振っていった。

「人の口には戸は立てられないというでしょう。ライアン一人の口をふさいだところで、こういうことは、どこからか漏れるものです。だからこそ、事前に殿下にお話しすべきだといっているんですよ」

隊長はむっすりと考えこんでいたが、俺の言葉を否定できなかったのだろう。

やがて、わかったと頷いていった。

「殿下に許可をいただいてくる。ライアンを逃がすなよ」

「ええ。隊長がお戻りになるまで、隊室に閉じ込めておきますよ」

「やだあああああ、家に帰るううううう」

さて――――、結論からいうと、ライアンがこれ以上憐れな目に遭うことはなかった。
隊長はなかなか隊室へ戻ってこなかったし、最初は大騒ぎしていたライアンも、時間の経過とともに察したのだろう。

「絶対殿下といちゃいちゃしてますよ、これは！　練習をダシにいちゃついてるに決まってます！だからこんなに遅いんスよ！」

と、妬み混じりの愚痴を垂れ流すようになった。

俺は、いい機会だったので、ライアンが作成するべき報告書類をすべて、今日中に完成させるよう命じてやった。毎回提出期限を破ってくるのだ、このろくでもない部下は。

太陽は瞬く間に落ちて、辺りはすっかりと暗くなる。

隊室には、残業している俺とライアンだけが残っている。

そして俺が、暖炉に薪《まき》を足した頃だ。

隊長は、ようやく隊室へ戻ってきた。

俺とライアンに一斉に見つめられた隊長は、珍しく気まずそうな顔をして、眼をそらしながらいった。

「ライアン、帰っていいぞ」

「やったー!!　聞きたいこともいいたいことも山ほどありますが、帰ります！　帰らせていただきます！」

引き留められる前にと、ライアンが一目散に隊室を出て行く。

俺は書類を置くと、隊長を見上げて、わざとらしく聞いてやった。

「殿下に許可をいただけなかったんですか？」

隊長は、眼を泳がせると、暖炉へ向かい、無意味に薪を足した。

それから、揺れる炎を見つめたまま、ぼそりといった。

「……俺と踊れるなんて、ライアンばかりずるいといわれた」

「それは、それは」

「俺にいわせるなら、姫様のほうが、よほどずるいんだがな……」

そう、ぼそぼそという隊長の頬は、暖炉の熱とは別のもので赤く染まっているようだった。

俺は、内心で驚いていた。

殿下が以前話していたことは、本当だったのか。

この狂犬隊長にも、照れるという感情が備わっていたんだな――と。

第2章　狂犬騎士と王妹殿下のダンスレッスン

ライアンを練習台にすることについて、殿下の許可をいただいてくるようにとチェスターにいわれた俺は、隊室を出て後宮へ向かった。

今の時間帯なら、殿下は私室でドレスの試着をされているだろうと知っていたからだ。自分が非番の日だろうと、殿下のスケジュールなら、おおよそ頭に入っている。

婚約者としての俺は、先ほどのリハーサルで下手なダンスを披露した後、早々に用済みになり退出させられたが、殿下はあの後も、婚約披露パーティーのための諸々の打ち合わせが、予定に組まれていたはずだ。

殿下の兄は、俺にふさわしい振る舞いを身につけさせろと厳命したらしいが、式典の責任者からは、何もしないでくれと懇願されている。

パーティーの主役はあくまでアメリア殿下であり、婚約者など添え物だ。殿下の付属品として、最初から最後まで黙って立っていてくれるだけでいい。頼むから何もしないでくれ——と、俺の腰の剣にちらちらと目をやりながら、責任者の男はいっていた。

俺としては、頷くしかなかった。

俺とて、殿下にとっての晴れの日を血で汚すことは、できる限り避けたいと思っているのだ。

流血夜会事件に続いて、流血婚約披露パーティーになってしまったら、殿下に申し訳が立たない。

ここは、警備にあたる騎士団が、今度こそ役に立つことを期待したいところだが、連中の腕はチェスターよりも劣るので、あてにはできないだろう。いざとなれば、俺が、最大限、血が流れないやり方を取るしかない。首を飛ばすのではなく、心臓を一突きにするなら、病気による突然死のように見せかけられるかもしれない。首が一番楽なのだが、騒ぎになってしまうので、俺は最近、病死に見せかけるやり方を練習している。


後宮へ入るための正門まで来ると、顔馴染みの衛士に、俺が来ていることを殿下の侍女に伝えてほしいと頼んだ。殿下にお許しをいただきたい案件があるとも伝えてもらう。

近衛隊隊長として、殿下の護衛についているときや、護衛として朝お迎えに伺うときは、この扉の先へ入るが、それ以外では、侍女を通してやり取りをしている。殿下は大らかな方なので、俺やチェスターに対しては、私室前まで入ってきて構わないというが、それは色々とよくないだろうというのが、殿下の周りにいる俺たちの共通認識だ。

まあ……、俺は、私室の中まで入ってしまったこともあるんだだが。

しかしあれは、殿下の悪だくみにも問題があるだろう。頼むから、自分の身を天秤《てんびん》にのせるような真似はやめてほしい。

俺があの夜のことを思い出して、眉間にしわを寄せていると、後宮側から門が開いた。

そこに立っているのは、殿下のもっとも信頼が厚い侍女のサーシャだ。

じろりとこちらを睨みつけてくる婦人に、俺は一礼していった。

「お忙しいところ、申し訳ない。殿下に許可をいただきたいことがありまして」

「ついてきなさい」

俺がいい終わる前に、サーシャは俺に背を向けて、さっさと歩きだしてしまう。

「待ってください。殿下はお取り込み中でしょう？　お会いする必要があるほどの用件ではありません。いつものように、サーシャ殿から殿下に伺いを立ててもらえたら」

「いいから、黙って、ついてきなさい」

有無を言わせぬ迫力だ。婦人は振り向きもせずに、後宮の中へと進んでしまう。

俺は諦めて、彼女の後ろを歩きだした。

俺が護衛につく前から殿下をお守りしてきた、チェスターとサーシャの二人には、敬意を抱いているのだが、サーシャは昔から俺のことが嫌いだ。まあ、無理もないことだと思う。俺だって、殿下の傍に俺のような男が現れたら、殺しにかかるだろう。血なまぐさい人間を殿下に近づけたくないという点では、俺とサーシャの意見は一致している。もっとも、それをいうと、婦人の眉はいっそう吊《つ》り上がって、忌々しげに俺を睨みつけるのだが。

殿下の私室の前まで行くと、サーシャは立ち止まり、振り返って俺をじろりと見上げた。

「殿下の婚約者になったからといって、思い上がらぬように。夫になったわけではないのですよ。あなたはまだ、殿下に対して責任を取れる立場ではない。そのことを十分にわきまえて行動なさい」

要するに、手を出すなという意味だろう。

俺の脳裏に、一瞬、あの夜のことがよぎったが、唇に触れるだけのキスだ。婚約者として許される範疇《はんちゅう》であると願いたい。

俺は、内心の葛藤をおくびにも出さずに、粛々と頷いた。

「無論、承知していますよ」

「殿下と二人きりだからといって、不埒《ふらち》な真似をしないように」

俺はぎょっとしたが、サーシャはすでに俺を見ていなかった。

婦人は私室の扉を開けさせると、中にいるのだろう殿下に目礼した。それから、俺に『さっさと入りなさい』といわんばかりの目を向けてきた。

「待ってくれ、俺は私室に入る気はない」

「殿下をお待たせするとは、何様のつもりですか」

サーシャがまなじりを吊り上げるが、俺だってふざけるなといいたい。

あんたが一番、俺を止めるべき立場だろうが。たかが婚約者だといったのはあんただぞ。俺と殿下を二人きりにするんじゃない。

だが、俺が反論するよりも早く、室内から涼やかな声がした。

「バーナード？　どうぞ、入ってください」

……俺が、この声に逆らえたためしなどないのだ。

おそらく、サーシャもないのだろう。

最古参の侍女は、怒りの形相を浮かべながらも待ち続ける。

俺は、理性と平常心を全身からかき集めて、俯《うつむ》きがちに、殿下の私室へと足を踏み入れた。

背後で扉が閉まる音がして、俺はゆっくりと顔を上げる。

まず、目に入ったのは、白いドレスの裾だった。

式典などで着る、王家の伝統的なドレスだろう。

殿下が以前「毎回、ほとんど同じですよね……」と残念そうに零していたこともある。確かに、重ねる生地の枚数や、縁取りなどには多少の変化があるものの、おおまかには同じだろう。伝統とは維持することに意味があるのだから仕方ない、というのもまた、殿下のお言葉だ。

俺としては、この白のドレスもよく似合っていて美しいと思うが、殿下が、流行りの華やかなドレスに、憧れの眼差しを向けていることも知っている。

俺は、ひとまず、試着が終わっていたことにホッとした。

さすがに、試着中であればサーシャが俺を通すとは思えないが、それでも殿下のされることだ。殿下は、こういう面では大らかすぎて信用できない。

俺は安堵とともに姿勢を正し、視線を上げきって、そして息を呑んだ。

殿下の髪型は、いつもとは違っていた。

前髪の一部を編み込み、それを纏めるように、髪飾りが弧を描いている。髪飾りからは、首元まで、金の細い鎖が垂れ下がり、鈍く輝く小さな白色石が、いくつも結ばれていた。

なによりも、照れたように微笑む殿下のその表情が、この胸を撃ち抜くようだった。

殿下は恥ずかしそうに、それでいて、ほのかな期待の滲む眼差しで、俺を見つめていった。

「髪飾りくらいは、多少華やかにしてもよいだろうということで、新調してみたのです。……どうでしょうか、バーナード」

俺は、止めていた息を吐き出して、微笑んだ。

「とてもよくお似合いです、殿下。あなたは常日頃から美しくていらっしゃるが、その装いのあなたも、とてもお美しい。あなたの輝きに、太陽も霞《かす》むほどでしょう。……本当にお美しい」

そこで俺は、同じ言葉ばかり繰り返していることに気づいて、意味もなく首筋をかいた。

「あぁ、すみません、殿下。俺はさっきから、馬鹿の一つ覚えのように、美しいとしかいえていませんね。あなたの美しさを形容する言葉を、もっと増やしたいとは思っているのですが……、駄目ですね、俺は。あなたを前にすると、美しいという言葉以外出てこなくなってしまう」

俺が、自身の至らなさを反省していると、殿下はなぜか、大きく顔をそむけた。

その形の良い耳は赤く染まり、細い肩はぷるぷると震えている。

いつもとは違う殿下の態度に、俺は戸惑った。

俺が美しいとしか口にできなくなるのは、実は毎回のことなのだが、殿下は柔らかく微笑まれるのが常だった。

こんな風に、顔を背けられるのは初めてだ。

まさか、怒らせてしまったのだろうか。婚約者になったというのに、以前と変わらず同じ言葉ばかり繰り返したのだ。せっかく美しく装われている殿下に対して、礼を失した振る舞いだったかもしれない。

「殿下、申し訳ありません。あなたがあまりに美しくて……、いえ、俺はその、新しい髪飾りもよくお似合いだと思っています。無論、いつもの装いのあなたも、世界の隅々まで照らすほどに輝いていらっしゃるのですが。俺は、あなたがどんな装いをしていても、その美しさに心を奪われますが、殿下が嬉しそうにされている姿は、その輝きでこの眼が潰れるのではないかと思うほど眩《まばゆ》くて」

「そこまでに……っ！　そこまでにしてください、バーナード……！」

殿下は、おずおずとこちらへ顔を戻して、紅潮した頬に、潤んだ瞳でいった。

「あなたが謝る必要はありませんから……っ」

俺は、殿下のそのあまりにも可愛らしい様子に、数度瞬いてから、思わずいってしまった。

「殿下……、まさか、照れていたんですか？」

「今のは謝ってください」

「すみませんでした」

俺は大人しく頭を下げた。

緩んでしまった顔を隠すのにも、ちょうどよかったので。

殿下は、乱れてもいない髪を直すように手をやって、視線をさまよわせた。

それから、意を決したように俺を見ていった。

「あなたの言葉はいつだって、わたしの胸に響いています、バーナード。同じ言葉であることに、何の問題があるでしょう」

殿下は、はにかむように微笑んだ。

「言葉に込められた、あなたの気持ちが嬉しいのです。わたしは、昔からずっと、あなたにそんな風にいってもらえるたびに、密かに胸を躍らせていました。だからどうか、そのことについては謝らないでください」

俺は、殿下の傍へ行った。

恋人としてではない、護衛としての距離を保って立ち止まる。

殿下は少し残念そうな顔をしたが、これは俺の理性のための線引きだ。許してほしい。

「とてもよくお似合いです、殿下。あなたはとても美しい」

「ありがとう、バーナード」

殿下が嬉しそうに微笑む。

俺は、殿下に向かって、さらに一歩踏み込みかけて、渾身の自制で踏みとどまった。

危ない。俺は光に吸い込まれていく蛾《が》か何かか？　いくら殿下の微笑みが眩《まぶ》しかろうと、ふらふらと吸い寄せられていってどうする。俺の理性はしっかりしろ。

俺が懸命に耐えていると、殿下は照れたように微笑みながらいった。

「すみません、わたしのことばかり。なにか用事があるのでしたよね」

俺はそこでようやく、自分が何のために後宮まで来ていたかを思い出して、まず初めに謝った。

「先ほどのリハーサルでは、すみませんでした。殿下をリードするどころか、足を引っ張るありさまで……」

ああと、殿下は納得した顔で、くすくすと笑った。

「あなたにも苦手なことがあったのですね、バーナード」

「面目ない……」

「ふふっ、わたしは嬉しかったですよ。あなたの新しい一面を知ることができましたから」

殿下が悪戯っぽく笑う。

俺は渋面になっていった。

「からかわないでください、殿下」

「本心です。ぎこちなく動くあなたを初めて見ましたから。とても可愛かったです」

「この世で俺を可愛いと評するのは、あなたくらいなものですよ……」

俺はげっそりしながらも、本来の用件を口にした。

「パーティーまで日がありませんから、早急にダンスの練習をする必要があると思うんですが」

殿下はなぜか、ぱあっと表情を輝かせた。

「ええ、そうですね！　練習しましょう。たくさんしましょう！」

「ライアンと練習しますので、一応、事前に殿下にお話ししておこうかと思いまして」

殿下はなぜか、瞬く間に表情を曇らせた。

「近衛隊のライアンですか？　どうして、彼と……？」

「あいつは女性パートを踊れるんですよ」

「それだけの理由ですか……!?」

「ええ。チェスターは踊れないというので」

「それなら、わたしと練習してもいいのではありませんか……!?」

「なにをいってるんですか、殿下は駄目ですよ」

「わたしとのダンスなのに……!?」

殿下が、世にも理不尽なことを聞かされたかのような顔をする。

俺は、力加減がわからないのだということを、殿下に説明した。万が一にも、あなたに痛い思いをさせるわけにはいかないということも、含めて伝えた。

殿下は難しい顔で聞いていたが、最後まで聞き終えても、やはり納得がいかないという顔をしていった。

「あなたが力加減を間違えるとは思いませんが……、そういう理由なのでしたら、なおのこと、わたしと練習するべきではありませんか？」

「その練習で、強く握りすぎて、殿下に痛みを与えるわけにはいきません」

「痛くともわたしは気にしませんし、痛いときはそういいますよ」

「俺は気にしますし、殿下はいつも大丈夫だといい張るでしょう」

「わかりました。今回はきちんと伝えます」

「申し訳ありませんが、ライアンと練習します」

「バーナード」

「駄目です」

俺と殿下は、冷ややかに睨み合った。

殿下は冷たく微笑まれていたが、俺に譲る気がないと悟ったのだろう。

ふっと視線を落とすと、途端に悲しげな顔をした。

「わたしはずっと、あなたと踊りたかったのに……」

「殿下、見え透いた芝居はおやめください」

「本心です……。けれど、信じてはもらえないのですね……。悲しいわ……」

絶対に演技だ。わかりきっている。

殿下がどれほど切なげに目を伏せて、まるで嗚咽を堪《こら》えるかのように口元に手を当てたとしても、俺は騙《だま》されない。

俺がどれほど長い間、護衛として傍で殿下を見守ってきたと思っている。

この方は情に厚く誇り高いが、同時に、交渉事に長《た》けた政治家だ。交渉のテーブルで、悪だくみなど一つもしていないという顔を見せても、殿下は胸の内ではきちんと計算している。

つまり、俺に向かって泣き落としじみた真似をするのも、それが俺に対して有効な手段だと判断したからだ。

最悪だ。姫様は本当に、ときどき、最悪に厄介だ。

「わたしがどれほど長く、あなたへの想いを抑え込んできたか、あなたにはきっとわからないのでしょうね……」

「殿下こそ、俺に芝居が通じると思っているんですか」

「わたしはただ……、あなたと踊れることが嬉しくて……、なのにライアンとだなんて……。いいえ、あなたを責めるつもりはないのです……。悲しいですけれど、わたしに至らぬ点があったということでしょう……、とても、悲しいですけれど……」

「殿下、そうやって揺さぶりをかければ、俺がいうことを聞くと思っているなら、大間違いですからね」

「あぁ……、悲しいわ……。手よりも胸が痛いです……」

殿下が、わざとらしく俯いて、涙を耐えるように息を震わせる。

俺は、数秒は沈黙した。数秒は耐えた。

しかし、耐えきれなかった。

仕方ないだろう。俺の姫様が嘆いているのだ。まあ、演技だけどな。だが、わかっていても耐えがたい。くそ、本当にあなたはときどき最悪だ。

俺は天を仰いで、この世のありとあらゆるものを罵り、それから殿下へ向き直っていった。

「絶対に我慢しないと、約束してください」

「バーナード！」

殿下が、途端に、きらきらとした笑顔を向けてきた。

ほらな、やっぱり演技だ。

わかっていたんだ。わかっていたが、くそ、ちくしょう。

ああ――――、笑っている殿下は、なんて可愛いんだろうか。

姫様が笑っているなら、もう、何もかもどうでもいい。……いや、どうでもよくないこともあるんだが。俺の力加減の問題だとかだ。

俺は、念押しするようにいった。

「いいですね。わずかでも痛かったら、必ずそういうと誓ってください」

「誓います！　約束します！」

殿下は満面の笑みで、得意げにいった。

「やはり、わたしと練習するのが筋というものですよ、バーナード。ライアンばかりずるいです」

「ライアンは全力で逃げたがっていましたよ」

「まあ、なんてもったいない」

そんなことをいうのは、この世で殿下だけだ。

何ももったいなくないし、百人中百人がライアンに同情する案件だろう。

しかし、俺の殿下は例外なので、ニコニコと、嬉しそうに一歩近づいてきた。

「わたしも考えたのですが、バーナード」

「すでに嫌な予感がしますね」

「今まで、あなたが、力加減を誤ったことはないでしょう？　それでもあなたが不安を覚えるのは、慣れていないからだと思うのです」

「ダンスに慣れろという意味ですか？　それなら、ライアンでもよかったでしょうが」

「いいえ、ちがいます」

殿下は自信たっぷりな顔をして、自らの胸に右手を当てると、力強くいい切った。

「あなたは、平時において、わたしに触れることに慣れていないのです」

「…………、慣れていたら問題があるでしょうがっ！」

「ですから、これからは、慣れるためにも、わたしにたくさん触れるといいと思います！」


瞬間、俺の脳裏に浮かんだのは、姫様が、俺の理性に油をぶちまけて、そこにランプの火を落とすイメージだった。俺の理性は瞬く間にこんがりと焼けた。理性の死である。

――これはもう、仕方ないんじゃないか？　これはさすがに姫様が悪くないか？　手を出してくれといっているも同然じゃないか？

俺の欲望は、大いに首をひねりながらそう呟いたが、そこで瞬く間に理性が復活した。素晴らしい。英雄の復活だ。灰からよみがえった理性は、俺の姫様がそんな含みを持たせるわけがないだろう馬鹿めと、俺を罵った。

それはそうだと、俺の欲望も納得した。

殿下は、侍女たちから聞いたという変な知識だけはあるが、基本的に由緒正しいお姫様であるからして、こういう面に関しては箱入りなのだ。箱入りすぎて言葉選びがおかしい。箱に入ったまま、気軽に俺の理性を焼死体にするのはやめてほしい。

おそらく、殿下のいいたいところとしては、今後のためにも、婚約者として手を握る程度は自然に行えるようになるよう、殿下も協力するということなのだろう。

理解しても、それはそれとして、俺の中の欲望と理性の殴り合いが止まらないのだが。脳内闘技場での大乱闘だ。声援を送る観客も、欲望の俺と理性の俺である。

しかし、最終的には、理性が勝利した。

隙だらけというか、隙しかないような笑顔を浮かべている殿下を前に、理性は何度となく灰になったが、不屈の精神でよみがえり、なおもぐずぐずと殿下を求めて手を伸ばそうとする欲望の首を落とした。完璧な勝利だ。俺の理性と、光り輝く殿下に栄光あれ。

だが、欲望は敗退したものの、若干の復讐心《ふくしゅうしん》は残っていた。

復讐心というか、なんというか。多少は仕返しをしてやりたいという気分だ。

俺は殿下に向かって、一歩踏み込んだ。

これでもう、護衛の距離じゃない。恋人の距離だ。

殿下は、あれだけのことをいったくせに、俺が近づいただけで、照れたようにうつむいた。

くそ、そういう方ですよね、あなたは。

俺の姫様は、いつも、ずるいほどに可愛い。

俺は、殿下の右手を、俺の左手で、下からすくい上げるようにして持ち上げた。

力はほとんど入れずに、ただ、俺の手の上に、殿下の手が重なっている。

「バーナード……？」

戸惑ったような殿下の声には答えず、俺はそっと殿下の手を引き寄せた。

そして、美しくたおやかなその手の甲に、唇を押し当てる。

殿下がびくりと震えた。

それでも、俺の姫様は、逃げはしなかった。

俺は、そのことに気をよくすると、殿下を見つめて低く囁いた。

「どうか、俺と踊っていただけませんか？　美しい、俺のアメリア姫」

殿下は、頬を赤らめると、困ったように眼をさまよわせながらも、こくりと頷いた。

「……ええ、喜んで、バーナード」

そして、俺と殿下は、お互いにぎこちない動きで、ゆっくりと踊り始めた。


――陽が落ちて、辺りがすっかりと暗くなるまで、ずっと、俺たちの影は、重なり合っていた。

王女は北を目指す

第1章　王女は北を目指す

夜空に、星々が輝いている。

冬のこの寒さのためだろうか。それとも、山の中腹という、普段より高い場所にいるためだろうか。星明かりは、ひときわ鮮やかに見えた。

わたしは、はあっと息を吐き出した。太陽の下でなら、白くのぼる呼気が見えたかもしれない。

幸いなことに、それほど寒さは感じなかった。頭からつま先まで、しっかりと防寒着を着込んでいるからだろう。それに、木造りの台に座っているためでもあるし、傍で燃えるたき火のおかげでもあるのだろう。

本当なら、北の公爵家を目指すこの旅は、もっと過酷なものになるはずだった。

お父様に……、国王に付けられた近衛隊の目を欺いて、チェスターとサーシャだけを連れて、人目を避けた道を行く。いつかそんな日が来ることを、わたしは予想していたし、それは命懸けの旅になるだろうとわかっていた。追っ手は来るだろうし、街道を避けて進むなら、治安も道も悪化する。人も獣も襲ってくるだろう。慣れない山道を行くなら、足を滑らせて落下することも十分にあり得る。人に殺されるか、獣に食べられるか。あるいは事故や病で命を落とすか。いずれにしても、旅の途中で息絶えることも考えて動かなくてはいけない。

わたしはそう、覚悟していた。していたはずだったのだけど……。

「姫様、これを飲んだら寝るんだぞ。姫様は弱っちいんだから、いつまでも外に出ていたら駄目だ」

バーナードがそう、ぶつぶつとお説教のようにいいながら、木製のコップを二つ用意してくれている。

外に出ていたら駄目だ、という言い回しは、何も知らない者が聞いたなら、この人家などない山の中で？　と、奇妙に感じることだろう。でも、わたしの後ろを一目見たなら、納得するはずだ。そこには、立派な天幕がある。戦場の野営地で、将軍のために作られるもののような、木組みのしっかりとした天幕だ。地面に近いと体温を奪われるからと、土台は切り出した木材で固められている。

わたしはそっと後ろを振り返り、それからまた遠い眼で夜空を見つめた。

すごい。何度見ても違和感しかない光景だ。人の気配がしない山の中腹に、立派な天幕。

これが野営地なら、まだわかる。だってそこには、専門の兵士たちも同行しているからだ。対人ではなく対物担当の兵士たちは、物を壊すことも、作ることも、大勢でてきぱきとやり遂げるのだと聞いている。

だけど、ここにいるのは、わたしと、サーシャと、チェスターと、バーナードだけだ。

わたしは、バーナードと出会ってから三年目になる。彼の常人離れした振る舞いには、動じなくなってきたつもりだ。今では、荷物のように肩に担がれても、悲鳴を上げず、心乱さず、無の境地へ達することができるようになってきた。もはや、何事にも動じない鋼の精神を獲得したといっていいでしょう……と、内心鼻高々に思っていたのだけど、その自信は今夜、あっさりと崩れ去った。

わたしは両手をたき火へかざしながら、しみじみといった。

「あなたがどんなにすごいことをしても、もう驚きません……と思うのですが、毎回、その自信が覆されて、新鮮に驚いてしまいますね」

「そりゃどうも。俺も姫様の無茶ぶりには毎回ビビってるから、おあいこだな」

「いえ、わたしのほうが断然多く驚いていると思います」

「なんでそこで張り合ってくんの?」

バーナードがぼやくようにいう。

だって、と、わたしは、この逃亡劇の始まりを思い出していた。

わたしの目的は、王国を支える五大公爵家のうちの一つ、黒脈《こくみゃく》のオーガス家と呼ばれる、北の公爵に会うことだった。

表向きは、我儘で気まぐれで世間知らずな王女が、有名な北の宝石を見たいといい出したからであり、真の目的は北の公爵を味方につける――それが叶わなくとも、国王側にはつかせないことだった。

わたしはずっと、王宮内では、何も知らない王女を演じてきた。王と王太子の対立も知らない、貴族たちの権力争いも、国内の荒れた情勢も知らない。無知ゆえに明るく、我儘で、お転婆で、じっとしていることが嫌いな、じゃじゃ馬なお姫様。軽んじられることはあっても、警戒されることはない姫君像だ。わたしがお兄様の代理として、国内を動き回るには、そんな少女である必要があった。

だけど、『無知な王女』という仮面は、少しずつ通じなくなってきている。それは肌で感じていた。

国王側は警戒を強めてきている。その動きが示唆するところは、形勢が変わりつつあるという状況だ。圧倒的だったお父様の優位から、少しずつ、お兄様の側へと支持が集まり始めている。国王側の派閥もそこまで愚かではない。いずれ、わたしを連れ戻せと彼らがいい出すことは、目に見えていた。

そして、北へ行く途中で、わたし付きの近衛隊隊長のもとへ早馬が来たのを見た瞬間に、わたしは隊から『はぐれる』ことを決めたのだ。お父様の命令を聞いてしまってからでは遅い。今はまだ、決定的な対立は避けるべきだ。何も知らないという建前が、使える限りは使うべきだ。

けれど、ここで王都へ引き返すという選択肢もまた、なかった。北の公爵に会うのだ。わたしは、なんとしてでも、沈黙を守っている彼から言質《げんち》を取らなくてはならない。

わたしは、護衛についていたバーナードとチェスター、それに侍女のサーシャにだけ目配せをして、近衛隊から離れた。あらかじめ決めておいた通りに、バーナードが騒ぎを起こして皆の注意を引きつけて、その間に、わたしとサーシャ、それにチェスターは隊列から消えた。その後、街から離れた場所で、バーナードと合流した。

そこからは、人目を避けた険しい旅路だ。

……いいえ、険しい旅路になるはずだった、というべきだろうか。


わたしが覚悟していた旅程は、こうだった。

まず、街にはもう立ち寄れないから食料が乏しい。ぎりぎりまで切り詰めて進むことになるだろう。次に、冬のこの寒さだ。隊を離れるときには、多くの荷物は持っていけないだろう。防寒の装備を固めることは難しくなる。最後に、治安の悪化だ。人目を避けた山道を進めば、旅人を狙う強盗たちや、山に住む獣たちに遭遇するだろう。これを無事に切り抜けられるかわからない。

わたしはそう覚悟していたのだけど……、実際には、今のわたしはこうだ。

過剰なほどの防寒着で、全身を固めている。帽子から始まり、手足の先に至るまで、ごわごわとして動きづらいほど、全身がもこもこと着ぶくれている。さらには、寝所としての天幕まで用意されている。

　想像と現実の落差がすごい。いえ、落ちてはいないから、昇差と呼ぶべきなんだろうか？

　食料や防寒着といった物資は、バーナードが調達してきてくれた。

　わたしは、街へ降りるのは危険だと彼を止めたのだけど、こげ茶色の瞳は、にやっと笑っていった。

「そりゃあな、姫様やサーシャじゃ駄目だ。チェスターでも無理だな。あんたらはみんな、お上品すぎる。あんたらみたいな客が来たら、店の人間だって、なんとなく覚えちまうさ。で、あの屑どもが『身なりの良いお嬢さん』を捜しに来たら、教えちまうだろう。その点、俺なら大丈夫だ」

「あなただって、人目を惹《ひ》きますよ。あなたはとても整った顔立ちをしていますから、街の人々の印象に残ります」

「ははっ、俺の顔？　姫様はほんと、わけのわかんねえことをいうなあ。ま、俺も記憶には残るだろうよ。悪い意味でな」

　彼は、そこで、酷薄に笑って見せた。

「俺みたいな奴が買い物に来たら、店の連中はこう思うのさ。『関わりになりたくない』ってな。俺と目を合わせるのも恐ろしくて、早く帰ってくれって祈るばかりだ。あとから、偉そうな連中が人捜しに来たって、殺人鬼を捜してるとでもいわれない限り、俺のことなんか口に出さない。なにせ、余計なことをいって、俺みたいな奴に目をつけられたら、たまったもんじゃないからな」

そこまでいうと、バーナードは、わたしを安心させるように、優しい眼差しでいった。

「だから、俺なら大丈夫だ。一つだけ心配なのは、その間、姫様の傍を離れなきゃならないことだけど……」

「わたしは大丈夫ですよ」

「俺、姫様のその『大丈夫』って言葉を聞くと、余計に心配になるようになったわ」

「チェスターがいますから、心配ありません。それに――――、わたしはあなたを信じています。わたしは、あなたが、とても優しくて、頼りになる騎士であると知っています」

わたしは怒りすら込めて、強くそういった。わたしはただ、『俺みたいな奴』と嗤《わら》う彼が嫌だった。わたしはバーナードにわかってほしかった。あなたは素晴らしい人間なのだということを。

バーナードは、きょとんと眼を見開いて、わたしを見た。

それから、ふっと息を吐き出して、小さく笑った。

「俺は別に、俺が何だろうとどうでもいいけど、姫様がそういうなら、まあ……。そうだな。せいぜい、あんたの騎士らしく、振る舞うとするかな」

一人で街へ降りたバーナードは、戻ってくると、彼の背丈の倍ほどの荷物を背負っていた。

呆気にとられるわたしたちに、バーナードは「もっと買ってきたかったんだけど、これ以上はどうやっても荷崩れしちまってさ」とぼやいた。

「固く縛れば何とかなるかと思ったんだけど、駄目だったんだよ。こういうのも技術がいるんだろうな。今度、積み方のうまい奴を見つけたら、教わっとくわ」

「バーナード……、あなたのことだから、きっと大丈夫なのでしょうが、それでも念のために聞かせてください。――重くありませんか？」

「ありませんよ？」

バーナードはにやにやと笑って「俺は姫様とちがって鍛えてるからな」といった。鍛えていたらどうにかなるものでは絶対ないと思う。その証拠に、チェスターは、己の目を疑うような顔をしていた。

わたしは、ここぞとばかりに「わたしも自分を鍛えたいと思っているのです。ひとまずあなたに剣を習うところから始めたいものです」と主張してみたけれど、バーナードは、こんなときばかり、聞こえないふりをした。

サーシャは、早々に腹をくくった様子で、バーナードが買い込んできた物資を確認して、手早く荷物を四等分にしていた。四等分といっても、わたしが背負う量は皆に比べると格段に少なかった。

わたしが口を開こうとすると、先を制するように三人そろっていった。

「あんたの仕事はこの先だろ」

「姫様、どうか、姫様の望みを果たすことを最優先に考えてくださいませ」

「殿下、我々では肩代わりできぬこともございます。それ以外の雑事は、我々にお任せください」

わたしに反論の余地はなかった。

三人のいう通り、わたしがすべきことは、北の公爵を説得することだ。なにを引きかえにしてでも、何を踏みつけにしてでも、この国を立て直すために動くことだ。王女の血筋と身分をもってしか、できないことがあるのだから。

わたしは恥じ入った。わたしこそ、覚悟が足りていないと思った。

三人を前に、わたしは無言で頭を下げる。

言葉もなく、顔を上げられずにいるわたしに、サーシャの手が、そっと触れた。それから、柔らかく抱き寄せられた。

背の高いわたしの侍女は、わたしの頭をその胸に引き寄せるようにして、優しく囁いた。

「大丈夫ですよ、姫様。大丈夫です。きっと何もかもうまくいきますとも。姫様がこんなに頑張っておられるのですから、天におられる大いなる神も、姫様に力を貸してくださるでしょう。何も心配はございませんよ」

わたしは、震える息を呑み込んで、頷いた。

それから、バーナードが買ってきてくれた大量の防寒着を、各自、それぞれ身につけると、わたしたちは出発したのだった。

◇

山道をひたすら進み、陽が落ちてきたところで、野宿の準備をしようという話になった。

比較的なだらかで、ひらけた場所があったので、そこで休むことにする。夜は一層冷え込むから、たき火は一晩中たやさずにいる必要があるだろう。

わたしが木の枝を集めに行こうとすると、バーナードがいった。

「姫様たちはここにいろよ。俺が木を集めてくるから、適当に休んでな」

「わたしも手伝います」

「いーから。つか、姫様が来ると邪魔。危ないからついてくんな。ここにいろ」

バーナードはそういうと、さっさと林の中へ入って行ってしまう。

わたしは一瞬迷ったけれど、彼のいう通り、山の獣に遭遇したら、わたしでは足手まといにしかならないだろう。大人しく、この場に留まることにした。

「野営の支度をしましょうか。バーナードなら、一人でも大丈夫。……大丈夫ですよね、チェスター？」

「ええ、心配いりませんよ。たとえ腹を空かせた獣でも、あいつ以上に狂暴ということはあり得ませんからね」

チェスターが笑顔で断言した。一点の曇りもない笑顔だった。

バーナードと出会ってから、チェスターも少し変わったと思う。以前は名門ルーゼン家の人間らしく、隙のない人だったけれど、最近は少し面白い。

三人で手分けをして、荷物から夕食用の食料や毛布などを取り出す。

チェスターが近場で、ひとまずの枝を集めてきてくれたので、火おこし用の石を打ってたき火を作る。ぱちぱちと燃える炎のその温かさに、ほっと息を吐いた。

そのときだ。

地響きのような轟音《ごうおん》が、辺り一帯の大気を震わせた。大樹が倒れたかのような、凄まじい音が、二度、三度と続く。

何事かとすくみあがり、サーシャとチェスターに目をやれば、二人も怯えと動揺を滲ませていた。

サーシャはわたしを庇《かば》うように傍に来て、チェスターは剣に手をかけたまま、臨戦態勢を取る。

「何の音でしょうか……？　山に棲《す》む獣が、暴れているのでしょうか……？」

わたしが小声で尋ねると、サーシャは、眉を寄せながらいった。

「巨熊《おおぐま》が暴れたとしたら、このような地響きがするものなのでしょうか。チェスター、わかりますか？」

「いえ……、申し訳ないが、俺も熊と戦った経験はなく……。しかし、日も落ちる頃合いに、熊がそれほど暴れるものなのか……？　いや、俺も熊の生態には詳しくないので、わからないのですが」

　そこで、わたしはハッとした。

「もしかして、バーナードが戦っているのではありませんか？　助けに行かなくては！」

　飛び出そうとしたわたしを、サーシャがとっさのように抱きとめる。

「いけません、姫様！　巨熊が相手だとしたら、姫様なんて一飲みにされてしまいますよ！」

「落ち着いてください、殿下。バーナードは熊より強いです。その点は俺が保証します」

　真顔でチェスターにいわれて、わたしが言葉に詰まったときだ。

　ぬっと、四角形で、薄茶色のなにかが、林の中から突き出てきた。それから、バーナードが肩にその〝なにか〟を担いだ体勢で現れる。

「なに騒いでんだ、姫様？　なんかあったか？」

「無事ですか、バーナード!?」

「無事ですけど、どしたの？」

　わたしは彼に駆け寄って、怪我がないことを確かめてから、安堵の息を吐き出した。

「よかった……、あなたが熊に襲われたかと……」

「なんで熊？　どっから出てきた、その発想。あ、まさか、こっちに熊が出たのか!?」

「いいえ、わたしたちは大丈夫です。ただ、先ほど、とても大きな音がしたでしょう？　あなたが、大きな熊と戦っている音ではないかと思ったのです」

「なんだそれ。笑える。……あぁ、デカい音がしたから、ビビっちまったのか。悪かったな。そいつは、俺が木を切り倒した音だよ」

「あぁ、そうでしたか、あなたが木を切り倒して――……」

わたしは、まじまじとバーナードを見返した。

そして、そこでようやく、彼が肩に担いでいるものが、木の枝の束でも、もちろん熊でもなく、四角形に切り出された、長い木材であることに気づいた。気づいて、わたしは自分の目を疑った。どうして、この人気《ひとけ》のない山の中腹に、立派な木材があるのだろう。これは丸太ですらない。明らかに人の手によって加工された形をしている。いうなれば、そう、野営地で天幕を作る際に、支柱に使用されるような木材だ。

わたしは、ぱちぱち、ぱちぱちと、無意味に瞬きを繰り返した末に、かろうじて尋ねた。

「先ほどの音は、あなたが、木を切り倒した音で……？」

「おう」

「その木を、その形にまで、あなたが加工して……？」

「そ。天幕ってやつを作るには、こういう形がいいんだぜ、姫様」

そうなのですか、と、呆然と頷いたのちに、わたしはそろりそろりと首を傾げた。

「……ですが、あの、どうやって……？」

彼は斧《おの》を持っていたのだろうか。いえ、斧だけあっても、加工することは難しいだろうけれど。

混乱するわたしの前で、バーナードは、こげ茶色の瞳を、愉快そうに輝かせていった。

「知らねえのか、姫様？　剣があるとな、だいたいのことはできるんだよ」

「そうでしたか……、剣があると……」

「で、き、る、かーッ!!」

納得しかけたわたしの後ろから、チェスターが叫んだ。

「この非常識殺人人形《キリングドール》が、殿下に馬鹿げたことを教えるんじゃない！　剣で木が切り倒せてたまるかッ！　この世に何のために斧が存在すると思っているんだ!?　世の木こりたちが剣で木を切っているのを見たことがあるのか、お前はッ!?　ないだろッ!?」

「うるせーな、チェスターは。お前、いつも声がデカいんだよ」

「誰のせいだと思ってるんだッ!?　――殿下！　一般的に、剣で木は切り倒せませんし、加工もできませんッ！　この非常識が服を着ているような奴のいうことを、どうか真に受けませんように!!」

「そっ、そうですか、そうですよね……。わたしもそんな気はしていたのです……」

わたしが頬を赤らめて頷くと、バーナードは、むっとしたようにいった。

「姫様、チェスターのバカにはできなくても、俺にはできるからな。コツがあるんだよ。うまいこと木に当てたら、剣でも切り倒せるし、木の皮だってスパスパ切り落とせるんだ」

「馬鹿はお前だーッ!!」

チェスターの渾身の叫び声が、夜の山中に響き渡った。

バーナードは、手際よく木材におうとつを作り、それぞれを噛み合わせて固定すると、そこに街で買ってきた布を張って、立派な天幕を作りあげた。

「これで、少しは寒さがマシになるだろ」

勧められて天幕の中へ入ると、そこはまるで、物語に出てくる秘密の屋根裏部屋のようだった。真っ暗だけども、手探りで進める狭さなので、恐ろしさはない。それに、狭いといっても、皆で並んで眠るには十分な広さがある。中もしんと冷えてはいるけれど、外気や風に直接晒されるのとはずいぶん違う。なにより、まるで冒険小説に出てくる秘密基地のようで、思わず胸が高鳴ってしまう。

わたしは、天幕の入り口から、ひょいと顔だけ出していった。

「素晴らしいです、バーナード！」

「そりゃよかった。姫様がお気に召したなら、なによりだ」

バーナードはそう笑ってから、やや渋い顔になっていった。

「本当は、その中でも、たき火ができるようにしたかったんだけどなあ。どう考えても、支柱も布も燃えるんだよな。それに、煙突のつけ方もわからなくてさ。今度、どこかの街で、そういうのがうまそうな職人を見つけたら、聞いておくわ。でも、職人連中って、弟子入りしないと教えねえっていうんだよな。面倒な奴らだぜ。まあ、脅せば何とかなるか」

「わたしはこの天幕で十分助かっていますよ、バーナード。脅すのはやめましょう」

わたしが天幕から出ると、チェスターは遠い眼をして呟いた。

「バーナード、お前はどこを目指しているんだ……？　高く荷を積む方法を学んだら、次は山小屋作りの方法を身につけるのか？　最終的に行きつくところは、山の祟《たた》り神か何かか？」

「姫様の安全確保を目指してるに決まってるだろ。なんでそんなこともわかんねえの？　チェスターってマジで、頭でっかちなお貴族様だよな。使えねえ奴」

「お前の頭が柔らかすぎるだけだ！　柔らかいを通り越して煮崩れを起こしているだろうが！」

チェスターの抗議を丸ごと無視して、バーナードは難しい顔で腕組みをした。

「姫様は弱っちいからな。いくら天幕を作っても、やっぱ、火が近くにないと、冬はキツイだろ」

わたしは弱くはない。これでも体力はあるほうだと自負している。

バーナードには何度もそういっているのだけど、彼は一向に聞く耳を持ってくれない。

どうも彼は、彼が護衛に加わってからは初となる野宿をする羽目になったときに、わたしが、土の上で寝ると、翌日身体がつらいと零したことが、大きな衝撃だったらしい。

野宿が快適なものではないというのは、誰にとっても同じことだろうし、バーナードだって、あの塔の見張り番になったのは、ベッドで寝たかったからだと話していたはずだ。だけど、わたしがそう反論すると、彼は慄《おのの》いた顔をして「俺のは、ただの好みの問題だぞ。固いよりは柔らかいほうが好きだなって程度だよ。姫様は、土の上だとよく休めねえの？　マジで？　し、知らなかった……。姫様って、めちゃくちゃ身体が弱かったんだな……」と間違った方向に納得していた。わたしは決して虚弱体質ではないというのに。

まあ、バーナードは、出会ったときから、年相応の少年の外見に反して重い物でも軽々と持ち上げて、わたしを担いで走り続けても息を切らすことのなかった人だ。わたしと彼では、常識が違うのだろうし、お互いにそれを理解して、認識をすり合わせていくべきだろう。

とはいえ、それはそれとして、わたしは『弱っちい』わけではないので、その点は訂正した。これは何十回目かになる訂正である。

しかし、バーナードは、またしても、おざなりに聞き流していった。

「まあ、姫様を挟んで、三人で寝たら、多少はマシかな。生き物ってあったかいからな」

わたしは、四人の間違いだろうかと首を傾げた。

サーシャが「三人……？」と呟いた。

チェスターは、怪訝そうに尋ねた。

「殿下とサーシャ殿はわかるが、三人目は誰だ？」

「お前」

バーナードが、チェスターを指す。

わたしは思わず、声を上げていた。

「待ってください、バーナード！　それではあなたは、一緒に天幕で眠らないというのですか!?」

「たき火はたやさないほうがいいだろ。俺が火の番をしてやるよ」

「それなら交代でしましょう。あなたも休むべきです」

「姫様。俺が、三日三晩眠らなくても、どーってことない男だってことは知ってるよな？」

「それは、でも……」

「知ってるよな？」

「……はい」

「で、この先にデカい仕事が待ってる弱っちい姫様が、俺にいうべきことはなんだと思う？」

「……火の番を、お願いします」

「おう、任せとけ。……姫様、なあ、そんな顔をするなよ。あんたが俺を心配してくれてるのはわかるよ。俺はそれで十分だ。俺はあんたに、あんた自身のことを、もっと大事にしてほしいんだ。俺の頼みを聞いてくれよ」

「……甘やかさないでください、バーナード。わたしは、またしても、上に立つ者として、ふさわしくない振る舞いをしました」

「いーだろ。姫様のそういう、なんつーの、情の深いところ？　そこがさ、俺はいいと思うぜ。そういう姫様だから、みんな、手を貸したくなるんだろ」

思いがけない慰めの言葉に、わたしは思わず息を詰まらせた。

そして、心配そうにこちらを見るバーナードに、ゆるりと微笑んでみせた。

「わたしは、本当に恵まれていますね。あなたたちがいてくれるのですから」

バーナードが、にやっと笑った。

案じるようにわたしを見ていたサーシャは、安堵の息を吐いてから、バーナードに向き直った。

「あなたが火の番をすることに異論はありませんが、チェスターが姫様と一緒に天幕で眠るというのは、いかがなものでしょうか」

「サーシャ殿のいう通りです。殿下と寝所をともにするなど許されません。俺はバーナードとともに火の番をします」

「なにいってんだ、お前。お前はちゃんと天幕に入れよ」

「バーナード、気遣ってくれるのはありがたいが」

「いや、お前のことなんかどうでもいいけど。でも、肉壁が一個減ったら、姫様が寒いだろ」

にくかべ。……肉壁？

あまりの表現に、それがチェスターのことだと理解するまで、少々時間がかかった。

ややあってから、チェスターがハッとした顔になり、それから、わなわなと肩を震わせて叫んだ。

「誰が肉壁だ!?　この歩く非常識が、人を指して肉壁なんていうなっ！　無礼だぞ!?」

「あったかい肉としての役割を果たせよ。お前は天幕にいろ」

「おい言い方が悪化したぞ!?　どうしてより一層悪くした!?　お前は俺の言葉が聞こえていないのか！」

「わかったよ、うるさい奴だな。じゃあ、天幕内を温める役割を果たせよ、肉として」

「最悪の言い回しだけ残すな――――ッ!!」

結局、サーシャまでもが「確かに肉壁は二つあったほうが温かいですね」といい出したことにより、チェスターも一緒に天幕で眠ることが確定した。

チェスターは、寒さのせいではなく青い顔をしていたけれど、夕食を取って、三人で天幕の中に横たわると、眠りに落ちるのは早かった。わたしの両隣から、すぐに穏やかな寝息が聞こえてくる。

二人とも疲れていたのだろう。

わたしは、一人、眠りの神様から見放されてしまったので、こっそりと天幕を抜け出すことにした。

天幕の近くで、たき火の番をしていたバーナードは、わたしを見るなり、ものすごく嫌そうな顔をしたけれど、わたしが唇の前で人差し指を立ててみせると、諦めたように、座るための木の台を用意してくれた。

第2章　王女は星を見つめる

そうして、わたしは今、バーナードの斜め向かいに座って、夜空を眺めている。

傍で揺れるたき火の上には、両取っ手の小鍋がかけられていた。小鍋の中で水はこぽりと音を立てて、緩やかにお湯に変わろうとしている。

先ほどから、バーナードの手元からは、ごりごりと、豆をすり潰すような音が聞こえてきていた。

実際には豆ではなく、エーメと呼ばれる木の実だ。小指の先ほどの大きさをしていて、皮は赤いけれど、ああやってすり潰すと、白く硬い果肉が出てくる。その果肉をさらにすり潰して、粉末状にし、お湯に混ぜると、白茶と呼ばれる、ほのかに甘い香りの漂うお茶になる。

ただし、味は匂いほど甘くない。甘味を期待して飲むと、思わず顔をしかめてしまうほどの苦みがあるお茶だ。このディセンティ王国では、北部で特に愛飲されている。王都でも、医師や薬師なら常備しているだろう。白茶には、冷えた身体を温める作用や、寝つきをよくする安眠効果があるといわれているからだ。

エーメの実は、皮の付いた実のままのほうが長持ちするけれど、果肉をすり潰すのが大変なので、王都など、大きな都市では、粉末状のものが店先に並んでいる。

……と、まあ、ここまではただの知識だ。わたしも実際に、赤い皮の付いたエーメの実を見るのも、すり潰す光景を見るのも、これが初めてだ。

バーナードが、小さなすり鉢まで用意していたところを見ると、エーメの実と一緒に街で買ってきたのだろう。白茶は、北に行くほど日常的に親しまれているお茶になる。この辺りの街でなら、保存がきく実のまま、すり鉢と一緒に売られていても不思議はなかった。

——問題は、バーナードが、何のために購入してきたのかということだ。

身体を温める作用があるから……という理由だと思いたかったけれど、それならば、夕食のときにも用意してくれただろう。

今、白茶を淹《い》れようとしてくれているのは、もう一つの有名な作用——安眠効果を期待してのことに違いなかった。

そして、わたしが天幕を抜け出す前から、街でそれを購入していたというなら、バーナードは気づいていたのだ。わたしの眠りが浅いことに。

わたしは、夜空から地面へと視線を落とした。無理にでも微笑んでみせようと思ったけれど、頬に刻まれるのは、どうにも歪《ゆが》んだ笑みになってしまいそうだった。

……夜に、瞼を下ろした暗闇の中で、この先のことについて、何度も、何度も予測を立てる。あらゆる分岐を考える。どうやって北の公爵に会うか、どうやって北の公爵に交渉相手として認められるか。どうやってあの公爵から言質を取るか、どうやってあの公爵を味方につけるか。さらにその先、味方につけられた場合と、力が及ばなかった場合、それぞれが今後に与える影響について。ひたすらに思考する。


わたしは、自分が無力であることを知っていた。

わたしは王女であるけれど、ただそれだけだ。わたし個人が所有する領地があるわけではなく、財源があるわけでもなく、わたしの命令を最優先とする軍がいるわけでもない。わたしの地位と権限は、すべて王によって与えられたもので、王がその気になったなら、いつでも取り上げることができる。子供の玩具《がんぐ》と同じだ。わたしは実質的に、何の力も持たない。

わたしはその事実を知っていたし、王と王を傀儡にする者たちも知っていた。

だからわたしは自由だった。だからわたしは身軽に動けた。

この国を支える、地方領主たち。騎士団に、聖職者。国境を守る将軍たち。そして国の支柱たる五大公爵家。実質的な権力を持つ者たちが、無力な王女の言葉に、まともに取り合うはずがない。取引材料を何一つ持たない、血筋だけの娘相手に、一族の命運をかけた交渉などするはずがない。

……わたしを軽視する人々のその考えを、驕《おご》りから来る思い込みと断じるには、あまりにも〝事実〟だったろう。

だけど、と、同時にわたしは思う。

テーブルの上に金貨を積み上げて、見返りとして提示することはできなくとも、未来を語ることはできる。紡ぐ言葉で、夢を見せることはできる。――――そこに、相手にとって、甘美な誘惑を潜ませることもできる。

以前、どこかの領主にいわれたことがある。力のない理想に価値はない。美しい理想だけで動ける人間はごく一握りだ。国のため、民のためと、そんなお題目で身を切れる人間はほとんどいない、と。

それはそうだろうと、わたしも思う。

だけど、損得勘定のみで動ける人間というのもまた、意外と少ないものだ。

人は誰もが、感情という土台の上で損得を考える。純粋な利益だけでいうならば右の道を選ぶほうが得な場面であっても、今までの恨みつらみや、あるいは嫉妬、もしくは捨てきれない願望が、たやすく左の道を選ばせる。人の好きや嫌いが、利害を超えることはたびたびあるけれど、その逆は意外と少ないものだ。

損得の計算は、結局は理性だ。しかし、理性よりも感情のほうが、強く人を動かす。

わたしはいつも、その隙をついてきた。

口先だけで、相手の望む夢を見せる。お兄様を支持することで、その夢が現実になるかのように語る。そしてこれは裏切りではないと囁く。だってお兄様は、紛れもなく王家の正統な後継者。お兄様を王と仰ぐことに、何の問題があるでしょう？

……どれほど甘い誘惑に満ちていようとも、夢はしょせん夢だ。金貨のように、触れることのできる形も重みもない。

けれど、具体的に描かれた夢物語は、それに魅せられた人間の心にひっそりと住み着いて、その後の判断に影響を及ぼす。

わたしにとっては、それで十分だった。

交渉相手が、お兄様への支持を明らかにしたなら、それは最善の結果。そうでもなくとも、国王派につかないなら、まずまずの手ごたえ。何の言質も取れないとしても、迷いを抱かせることができたなら、ひとまずはよしとする。

わたしのしていることは、ただの時間稼ぎだとわかっていた。それでもよかった。お兄様が力をつけて玉座につくまで、わたしは全力で国内を駆け巡ろう。無力な王女だからできることをしよう。いつか、道半ばで命を落とすとしても、悔いはない。

わたしは、お兄様が即位する姿を見ることはないだろうと思っていた。現国王を相手取って、水面下で戦い続けることが、どれほど危険な振る舞いか承知していた。お兄様が玉座につくには、まだ長い時間が必要だろうとわかっていた。わたしはきっと、その前に、どこかで命を落としているだろうとも。

……だけど今、その諦めは覆りつつあった。国王派の圧倒的な優位は削られていっている。お兄様へと権力の天秤が傾きつつあるのがわかる。この急激な変化は、お兄様の派閥が、強大な軍事力を得たことによるものだ。軍事力というか、正確にいうと――――、一人の少年を。

わたしは、ぼんやりとバーナードを眺めた。

力のない理想に価値はない。そして今、理想は力を得た。潮目が変わり、人々の背中が押されていく。やがて大きな流れが来るだろう。積み上げてきたものが一斉に芽吹いて、お兄様の道行きを照らすだろう。

わたしもきっと、生き延びる。バーナードは、わたしを死なせないだろう。

喜ぶべきことなのに、彼に感謝するべきことなのに、今になってわたしは、夜ごと、己自身の囁きに苛《さいな》まれる。『この先に何があるのかわかっているの？』と、冷ややかに囁く声がする。

『あなたは父親を破滅させようとしているのよ？』と。

『たった一人のお父様を、娘のわたしが破滅へと追いやるの？』と。

とうに、振り切ったはずだった。迷いは捨てたはずだった。わたしもきっと道半ばで息絶える。それを代償のように思っていた。だけど、その代償がなくなってしまったら？

わたしの顔をした――――いいえ、わたしそのものの罪悪感が、囁いてくる。

『お父様を見捨てるの？』

責め立てる言葉に、わたしは冷たく返す。――――ほかに方法はないわ。

『たった一人のお父様なのに！　お父様がどんなに悲しむことか！』

なら、わたしにどうしろというの？　この国の混乱から目を背けろと？　苦しむ人々の声に耳をふさげというの？　取り返しがつかなくなるその日まで？　それこそただの逃避だわ。

『なんて冷たい娘なの。お父様を悲しませて、苦しめておきながら、平気な顔をしているのね！』

お父様だって大勢を苦しめた！　今も悲しませているのよ！　どうしてそれをわかってくれないの。聞く耳を持ってくださらないの。どうしてわかってくださらないのですか、お父様……！

『わたしには優しかったわ。優しいお父様だった』

いいえ、あの方は、わたしを人形のように愛《め》でていただけ。無知な娘は可愛いのでしょう。明るくお転婆で、我儘で、物知らずな娘は愛せるのでしょう。でも、その理想から外れることは許さない。あの方はただ、人形遊びをしていただけよ。それを優しさとは呼ばないわ。娘を愛しているともいわないわ。あの方は、わたしの意志も心も、尊重してはくださらなかった。

『お父様だって一人の人間よ。過ちはあるわ。それを理解しようともせずに断罪するのね。あなたはそれほど優れた人間なの？』

――――っ、いいえ、いいえ、わたしだって愚かよ。愚かで卑怯だわ。でもほかに方法はないの。

『お父様と話し合うべきよ！』

話し合ったわ！　お兄様もわたしも、何度も話し合おうとしたわ！　でも、お兄様は罰せられて、わたしは親不孝者だと嘆かれた。お父様は「すべてが順調にいっている」という報告以外は望まないのよ。問題を持ち込む者は、お父様にとって悪なのよ。だから、わたしの言葉にも、まともに取り合ってはくださらなかった。

『傲慢ね。あなたは自分だけが正しいと思っているんだわ』

思っていない、思っていないわ、わたしはただ、より良き道を……。

『嫌な女。お父様を愛していないのね』

……っ、愛していないといえたら、これほど苦しまなかったわ――！


暗闇の中で、目を閉じるたびに、わたしはわたしを責めて、わたしはわたしに必死で反論する。

迷路のような自問自答だ。自分が消耗するだけだとわかっているのに、繰り返してしまう。

わたしだって、お父様に良き王であってほしかったのだと。せめて、良き王であるためにあがいてほしかったのだと、胸の内で訴える。そのたびに、もう一人のわたしがいうのだ。

結局あなたは、あなたの理想をお父様へ押し付けているだけ。あなたの望むように愛してほしかったと駄々をこねているだけ。望みが叶えられなかったからと、腹を立てている子供にすぎないのよ、と。

……ときどき、わからなくなる。自分で自分に鞭《むち》を打つことにも疲れて、そうかもしれない、わたしがすべて悪いのかもしれないと、うなだれて頷きたくなる。

だって、わたしが正しいと胸を張れるような自信は、わたしにもないから。

本当は、いつだって迷っている。後悔も、数えきれないほどある。

正解の出ない問いかけを、何度も何度も繰り返している。

遠くを見つめるようにして、誰にともなくひとりごちる。これが正しい決断だったといい切れる事柄が、この世にどれほどあるのだろう？　正しかったどうかなんて、きっと、何年も経った後でなければわからないのだろう。あるいは、何十年、何百年と過ぎた後に、ようやく判断がつくのかもしれない。

わたしはただ、正しいと思えることをしているだけだ。正しいことをしているのではない。正しいと、そう思える道を、必死で歩いているだけ。

そして、そのために、実現する保証もない夢物語をばらまいてでも、大勢を味方につけようとしている。今、この国の頂点に立つ王に、父に、対抗するために。

……ええ、そうね。どれほど綺麗事《きれいごと》を口にしても、わたしはわたしの罪を知っている。

わたしは、実の父親を破滅させるために行動しているのだ。

「……自分がどんどん醜い人間になっていると、わかっているのです……」

ぽつりと言葉が零れ落ちてしまってから、わたしはハッと口を押さえた。

恐る恐る視線を向けると、バーナードは驚いたようにわたしを見ていた。

わたしは、取り繕う言葉も浮かばずに、とっさにいった。

「何でもありません。ただの独り言です。忘れてください」

「あ、ああ……。わかった。大丈夫だ。何も聞いてない」

「はい」

　バーナードは、再びすり鉢へ視線を戻して、ごりごりと音を立てた。

　そして、ややあってから、ふーっとため息をついて口を開いた。

「あのな、姫様」

「いわないでください、バーナード。どうか何もいわないで」

　わたしは祈るように両手を組んで、そこに自分の額を押し当てた。

「わたしは、あなたが思っているほど強くないのです。だから甘やかさないでください。わたしは簡単に駄目になってしまう。痛みより優しさのほうが、わたしの心を折るのです」

「痛みで立っていられるのは一瞬だぞ」

　素っ気ない口調に、わたしは思わず彼を見た。

　バーナードは、不機嫌さを隠しもせずにいった。

「俺は痛いって経験がないけどな。他人の殺し合いを見ていたらわかる。殺すか殺されるかってときには、身体中に負った傷が、意識を研ぎ澄まさせて、そいつの動きをよくすることもあるんだ。で、勝った途端に倒れ込む。その後はもう立ち上がれない。死ぬだけだ」

　だから、と、彼は続けた。

「俺は黙らない。……姫様も黙らないでくれよ。そりゃ、姫様は、身分があって、立場があって、俺にいえないこともたくさんあるんだろう。別に、具体的なことを明かせっていってるわけじゃない。でも、痛いとか、つらいとか、そういう泣き言くらいは零したっていいだろ」

「……わたしが迷えば、わたしを信じてくれた皆が迷うのです」

「このクソ頑固が。じゃあ、いいさ。俺も独り言をいう。独り言だからな。姫様に止める権利はねーから」

わたしはむっとして彼を見つめた。

けれど、バーナードは、わたし以上に怒った顔をしていった。

「だいたいな、俺はずっと前から思ってたぞ。姫様に出会った頃から思ってたんだ。あんたは厄介事を背負わされすぎなんだよ」

「わたしはこの国の王女ですから」

「その台詞は何十回も聞いた。姫様は王女様で、みんなに敬われて頭を下げられて、何不自由ない暮らしができる代わりに、国に尽くす責務があるんだよな？ ――――で？ 今、冬山に登って野宿してるって？ 追っ手を警戒しながら、公爵とかいうクソ野郎を説得するために、寒さに震えながら必死で山道を登るのが、何不自由ない暮らし？ ハハッ、笑える」

「……もっと苦しい暮らしを強いられている人々がいます。わたしには、あなたたちがいてくれるのですから、十分恵まれていますよ」

「そんなもん、下を見りゃキリがねえんだよ。自分が世界一最悪な人生になるまで、そういい続けるつもりかよ。下じゃなくて上を見ろよ。姫様より楽な暮らしをしてる奴らだって、うじゃうじゃいるだろうが。王都でふんぞり返ってる奴らのことだよ。あいつらは今頃、暖炉のある部屋で、美味《うま》いもん食って、柔らかいベッドで寝てるんだろ。なんでそいつらは、なにもしねえの？　なんで姫様だけが、こんなところで、寒い思いをしてなきゃならねえんだ。どうして姫様だけが、苦労して、思い悩んで、苦しまなきゃならないんだ。あんたな、自覚してないけど、貧乏くじを引かされすぎだぞ」

「バーナード」

わたしは、かすかに震える息を吐き出した。

この震えが、寒さのせいだと思われることを祈りながら、懸命に告げる。

「これはわたしが選んだ道です。誰かに強いられたものでも、押し付けられたものでもなく、わたしが歩くと決めた道なのです」

「……あぁ、知ってるさ。あんたはそういうって、知ってるよ」

バーナードが、ひどく忌々しそうにわたしを見る。

わたしは、その眼差しを受け止めきれずに、目をそらした。

沈黙が落ちる。

今夜は、どうもよくない。これ以上、口を開いたら、また弱々しい言葉が零れ出てしまいそうだ。

ここのところ、眠りが浅かったせいだろうか。判断力が鈍っている気がする。寝付けなくても、天幕へ戻ろうか。でも、バーナードがせっかく白茶を用意してくれているのに……と、迷ったときだ。

「なあ、姫様」

その声は、蜂蜜のように甘く、それでいて、やすりのようにざらついていた。

「一番簡単で、一番楽なやり方の話をしてやろうか？」

バーナードが、唇を吊り上げる。まるで三日月のように、道化師のように。

どこか空恐ろしさを感じさせる笑みを浮かべて、黒髪の少年は囁いてくる。

「姫様の望みを叶えるために、一番簡単で、一番楽なやり方だよ。俺に命令すればいい。国王派の首を全員落とせと、一言、俺にそういえばいいんだよ。すぐに叶えてやる。俺にはそれができる。王都にいるクソどもを、全員殺してやる。それで翌日には、姫様の望み通り、姫様の兄貴が王になれる。めでたし、めでたしだ」

わたしは、目をすがめて彼を見た。

そして、バーナードに言葉を撤回する気がないということを、確かめるだけの時間をおいてから、短く息を吐いていった。

「そのような方法では、誰も納得しませんよ」

「納得してもらう必要があるか？　従わないなら、片っ端から首を落とせばいい。姫様は、国内の混乱を収めたいんだろう？　屑どもがのさばって、真面目な奴らが割を食って、弱い連中が食い物にされてる状況を変えたいんだろう？　それは正義だろ。正義のためなら、なんだって許されるさ。

なあ、俺に殺せといえよ。いいや、いわなくてもいい。一言、俺の好きにしていいと、それを許すといえばいい。そうしたら、全部片付けてやる。それで姫様の願いは叶うんだ」

わたしは、じっとバーナードを見つめた。

彼のこげ茶色の瞳は、危うい光を帯びている。

わたしが一言命じたなら、彼はすべての血と泥と罪を引き受けるのだろうと、そう思わせるだけの輝きがあった。眼がくらんでしまいそうになるほどだった。彼の唇には、ぞっとするほどの甘さがあった。その囁きに導かれて、道を踏み外してしまいたくなるほどだった。彼の手には、天使すら羽根を落としかねない誘惑があった。困難を前にして、自分の足で歩くことをやめたくなってしまうほどだった。

彼は、わたしの抑え込んでいる怒りや叫びまで、こじ開けようとしているかのようだった。

「……まるで、堕落の誘いのようなことをいうのですね、あなたは」

「そんなに悪い手段じゃねえと思うんだけどなあ」

バーナードが、わざとらしく首を傾げてみせる。

わたしは、彼にもわかっているだろうことを、淡々と告げた。

「確かに、短期的に見るのなら、味方側の被害が少なくて済みますし、悪い方法ではないのかもしれません。ですが、力で奪い、抑えつけたなら、人々は必ず背を向けますよ。裏切りと反乱で国が荒れます。一度や二度の戦いでは収まらないでしょう」

「俺が全員片付けてやるよ。何度反乱が起ころうともな」

「あなたの実力ならできるでしょうが、それは、最後の一人に至るまで、はむかう者たちを殺し尽くすといっているのと同じことです」

「そーだな」

「恐怖で支配するなら、反乱が終わることはないでしょう。混乱を収めようとして、国が焦土と化すのでは意味がありません。それに、いつまでも国内が落ち着かないようでは、その間に国境を攻め込まれますよ」

「でも、悪い方法じゃない。少なくとも、〝最悪〟じゃない。そうだろ、姫様？」

バーナードが、面白がっているような、愉快そうな瞳でわたしを見る。

わたしはこげ茶色の瞳を見据えて、きっぱりといった。

「わたしは認めません。たとえ神が、その選択が正しいと告げたとしても、わたしがその道を行くことはありません。もしもあなたが、国中を血で染めることを望むのなら、まず、わたしの首から落として行きなさい」

「あんたは甘い」

「……ええ、知っています。それでも、譲れぬものはあるのです」

再び、沈黙が落ちた。

夜風が、冷たい指先のように、するりと皮膚を撫でて通り抜けていく。静かな夜闇の中で、小鍋の中のお湯だけが、こぽこぽと音を立てる。辺りに人の気配はなく、獣の遠吠えすら聞こえない。まるで死者の王国のように、静寂に満ちていた。

バーナードは、軽く夜空を仰いで、はーっとため息をついた。

遠い星を睨みつけるように、眉間にしわを寄せてから、彼はいった。

「ごめん。姫様のクソ頑固さを侮ってた」

わたしが首を傾げると、バーナードは呆れているような、それでいてひどく温かな瞳で、こちらを見た。

「悪かったよ。揺さぶりをかけるような真似をした。これで姫様が本音をいえたらいいと思ったんだけど、こんなやり方じゃダメだったな」

「わたしを動揺させようと？　それにしては、本気の顔をしていませんでしたか……」

ぼやくようにいえば、バーナードは肩を震わせて笑った。

「そりゃあな。本気も本気、大真面目だよ。俺は、姫様が悲しむのも、苦労するのも嫌だからな。俺にとって一番簡単なやり方を取らせてくれたらいいのにって思うのさ。姫様を苦しめる連中を、一人残らず、姫様の眼の前から消してやりたい。姫様を傷つける奴らを、全員始末してやりたい。姫様が寒い思いをしたり、つらい思いをしたりしないようにしてやりたい。――――でも、姫様にとって、それは、楽でも簡単でもないんだろう？　そこも、わかってはいるんだよ」

「……あなたがわたしを案じてくれる、その気持ちは、とても嬉しいです」

へえと、彼は疑《うたぐ》り深そうに頷いて、じっとわたしを見つめた。

「じゃあ、ついでに覚えておいてくれ。――――姫様が、いつか耐えられなくなったら、俺にいってくれ。あんたを苦しめる連中を全員消して、平穏な暮らしってやつを用意してやるよ。それか、血を流すのは嫌だっていうなら、あんたをさらって逃げてやる。あんたが、穏やかに生きられる場所まで、世界の果てまでだって、俺が連れていくさ」

「ええ……。もしも、そのときが来たら、お願いしますね」

わたしは心を込めて頷いた。

けれど、バーナードはなぜか、じろりとわたしを睨みつけた。

そして、はあと、大袈裟なため息をついてみせる。

「絶対にそのときは来ないけれど、拒否するのも悪いから、ひとまずは頷いておこう……って思ってるだろ」

「なぜそのように悪く受け取るのですか。わたしは心からいっていますよ」

「まあ、姫様のことだから、当分はこのまま、やせ我慢して貧乏くじ引き続けるんだろ。それはもう、しょうがないけどな。せめて、……つらいときはつらいって、そのくらいはいってくれ」

「バーナード」

わたしは、少しばかり目を見開いた。

彼は、気まずそうに、黒髪をぐしゃぐしゃとかき回していった。

「ああ、クソ、そうだよ。さんざん回りくどいことをいったけどな。そこに戻ってくるんだよ。俺は殺すしか能がなくて、姫様が必要としているのは、姫様の兄貴への大勢の支持だ。なんでも殺せる男一人じゃない。俺にできることはない。わかってる。だけど……、話を聞くくらいなら、俺にだってできるんだぜ」

「……あなたには、すでに、これ以上ないほど助けられていますよ。本当です。あなたの力がなかったら、これほど早く状況を好転させることはできませんでした」

「じゃあ褒美をくれよ。褒美として、俺に弱音くらい吐け」

「こだわるのですね」

「姫様こそ、なんでそんなに意地を張る？　姫様がよく眠れないのは、心ってやつが参ってるからだろ。そのくらい、俺でさえわかるんだぞ。チェスターみたいなお貴族様相手なら、姫様がいいにくいのもわかるけど、今、あんたの目の前にいるのは、俺だぞ？　貴族でも何でもない、立場も身分もない俺だぞ？　何のしがらみもない相手なんだから、泣き言くらい気兼ねなくいえるだろ」

「それは……」

バーナードのいうことには、一理あった。

彼の指摘通り、わたしは少しばかり参っているのだろう。そしてバーナードは、王家とは無関係の人物だ。わたしは彼の人生をいっとき預かっているに過ぎない。一応、お兄様が玉座につくまでは、わたしの護衛騎士を務めてくれるという約束をしているけれど、それは彼の人生を縛るものではない。

バーナードの強さは、あらゆる権力の干渉をはねのける。彼はその気になったら、どこででも生きていける人だ。わたしが王女であっても、わたしの言葉一つで、彼の人生が狂うことはない。

だから、おそらくわたしは、バーナードに弱音を零してもいいのだろう。……だけど、頭ではそう理解していても、身体が戸惑ってしまう。

だって、わたしは、強くなくてはいけないのに。皆の上に立つ以上、揺らいではいけないのに。

……あぁ、でも、ずっと強くあれる人間なんていない。それはそうだ。頭ではわかっている。わかっている、けれど、それでもわたしは、この国を支える者として、強くなくては……。

ぐるりぐるりと、思考はまるで、自分の尻尾を追いかける犬のようだった。自分を縛る鎖のようでもあり、戒めのようでもあった。

やがて、わたしは、困り果てた気分でいった。

「そうですね……。なぜと聞かれると、どう答えていいか……。なんといいますか、そういう経験があまりないから、苦手なのでしょうか……？」

「ああ」

バーナードは突然夜空を仰いで、大きく呻いた。

「ああ、ああ、なるほど、なるほどな？　やべえ、今すげー納得したわ。姫様、生まれつき姫様だもんな？　おまけに周りの連中はだいたいクソだしな？　そりゃいえねえか。あー、なるほど」

「いえ、お兄様とは、悩みを打ち明けたり、励まし合ったりすることもあるのですよ！」

「あのクソ兄貴はだいたい姫様の傍にいねえだろ。そうか、わかった。あんたは、クソ頑固なうえに、慣れてねえから、泣き言をいうのが下手くそなんだな……」

「ちがうと思います」

「ちがいませんー。よーしよし、任せとけ、俺が練習相手になってやる。俺は何の義理もしがらみもないし、何をいっても問題にならない相手だ。さあ、ほら、姫様。つらいっていってみな」

「大丈夫です」

「全員死ね！　と叫ぶのもいいぜ。おすすめだ」

「皆で生き延びましょうね」

「姫様」

バーナードが、甘く優しい顔で、わたしを見る。

わたしは、困り果てた末に、小さく嘆息した。

「わたしを甘やかさないでくださいと、いったでしょう」

「あんたは普通の人間だ。普通の奴は、痛みだけじゃいつまでも立っていられない。俺は間違ったことをいってるか？」

「……いいえ」

わたしは、深く深く息を吐き出した。

戸惑いはあった。ためらいはあった。怯えも、おそらくあった。

だけど、バーナードが穏やかな眼差しで、わたしの言葉を待っていた。

そこには許しがあった。優しさがあって、泣きそうなほどの安堵があった。

やがてわたしは、ぽつりと、呟くようにいった。

「いつも、なにかを、間違えているような気がします」

「うん」

「最善を尽くして、できる限りのことをしているつもりで、それでも何かが足りない気がして」

「ああ」

「バーナード。……わたしは、できるものなら、お父様を支えたかったのです」

声が、くぐもってしまう。

わたしは耐えきれずに、うつむいた。

「できるものなら、良き王になろうとするお父様を、お兄様と一緒に支えて、そして、この国をより良い方向へと……」

「そうだな」

「ですが、それは、叶わない夢です。わたしはすでに選びました。どちらかしか守れないのであれば、わたしは、この国を守ると決めたのです。わたしは、守るべきものをすでに選んだ」

それでも声が震えてしまうことが忌々しかった。頬を伝っていく雫が許せなかった。毅然《きぜん》としていられない自分を恨んだ。

だけど、バーナードが、わたしの隣に来た。

彼は、ためらいの感じられる手つきで、そっとわたしの背中をさすった。大丈夫だと、囁かれる。きつく目をつむっても、雫があふれ出てしまう。嗚咽を噛み殺そうと、歯を食いしばると、困ったような気配が隣から伝わってきた。それから、まるで壊れ物に触れるかのような優しい手つきで、抱きしめられた。

「頼む、タオルだと思ってくれ。デカくて分厚いタオルだ。全部吸い込んで、何も外には出さない。だから、声を殺さなくていい。大丈夫だ、姫様」

限界だった。彼の温かさが恨めしいほどだった。ううと、喉の奥から、声が零れ出てしまう。わたしは子供のように、バーナードの服にしがみついた。

「わたしは、選んだのに……っ、ううっ……、……迷いが、消えなくて……っ。情けない……！」

「いいよ。大丈夫だ。情けなくなんてない。姫様は十分頑張ってる」

バーナードの腕の中に、すっぽりと抱きこまれて、ぽん、ぽんと、背中を叩かれる。

子供をあやすようなリズムだ。わたしにはそれが、ひどく心地よかった。

ぽたぽたと落ちていく涙と一緒に、何かがぐずぐずに溶けていきそうだった。ひどく無防備な心地だった。

今だけは、何もかもが遠かった。バーナードの温かさだけが、わたしの手の中にあった。ほかには何もなかった。苦しみも、悲しみも、背負うべきものも。まるで世界に二人きりになったようだった。これが一瞬の錯覚でしかないと知りながら、永遠のように感じていた。

ひとしきり涙を流した後、赤子のように安らいだ気分で、わたしはじゃれつくように尋ねた。

「バーナードは、なにか弱音はないのですか」

「そりゃあるさ。姫様が無茶ばっかするから、マジで困ってる」

「そういうことではなく、もっとこう、情けない気持ちになる類の弱音です。わたしばかり泣き言をいうのはずるいと思います」

「姫様にはいつも無力感を味わわされてるんだけどなあ……。そうだな、俺は、他人の気持ちがわからない」

「そんなことはないでしょう」

「んー、なんつーか、姫様が大事にしてるもんは、俺も大事にしたいと思うんだけどな。親を思う気持ちだとか、国を守りたい気持ちだとかは、さっぱりわからん。今だって俺は、本気で思ってる。姫様にとって有害な連中は、片っ端から首を落としてやりてえってな。普通の人間は、こういう風に思わないんだろう？　いや、思っても、自分で思いとどまるんだろ？　でも、俺が剣を抜かないでいるのは、姫様が駄目だっていうからだ。それだけ。俺はぶっ壊れてるんだよ」

「バーナード、それはちがいます……！」

「いや、これは別に、悲しいとかじゃねえからな？　つーか、そういう反省とか？　自己嫌悪とか？　できる奴ならもう少しはマシだったんだろうけど、俺は何も思わないんだよな。むしろ、自分がこういう人間で、姫様の身体だけでも守れる力があってよかったなーとしか思わない。まあ、できるもんなら、あんたの心まで守れる奴だったらよかったんだけどな。……あぁ、結局、泣き言になってないか」

わたしは、ついに、バーナードの腕から抜け出して、真正面から彼を見つめた。

「あなたは情に厚い人ですよ」

「へえ」

「あなたが何といおうと、わたしは、あなたの優しさを知っています。あなたの心に、わたしは支えられているのです」

「そっか」

「わたしを信じてくれますか？」

「ずるい言い方をするなあ、姫様は」

バーナードが困ったように笑う。

それから、彼はたき火の上へ目を向けて、わざとらしく驚いた様子を見せた。

「おっ、ようやく湯が沸いたか」

「先ほどからずっと沸いていましたからね」

「へえ、俺は気がつきませんでしたねえ」

しらじらしい嘘をつきながら、バーナードは立ち上がると、厚手の布を手に巻いて、小鍋を地面に下ろした。

二つの木製のコップに、すっかりすり潰されて、白い粉へ変わったエーメの実を、半分ずつ入れて、その上から小鍋を傾ける。熱されたお湯は、じゅわりと音を立て、もうもうと湯気を立ちこめさせながら、木製のコップを満たしていった。

コップの中の薄白色を見下ろして、バーナードは悩むような口調で「やっぱり、薄いかな」と呟いた。

味が薄いという意味だろうか？　十分な濃さに見えるけれど、わたしは自分で作ったことがないから、適量も知らない。バーナードの眼から見ると、物足りない薄さなのかもしれない。

彼は後ろを向くと、はち切れんばかりに膨らんでいる荷袋をごそごそと漁《あさ》る。そして、薬包のような小さな紙の包みを取り出すと、その中の粉をコップへ注いだ。

「粉末状のものも購入していたのですか？」

「んー、まあな」

それなら、わざわざ硬い果肉をすり潰さなくてもよかったんじゃないだろうかと思ったけれど、せっかく一生懸命すり鉢に向かってくれていたのだ。口を出すのも悪い気がして、わたしは黙っていた。

バーナードが、ほらと、木製のコップを一つ、わたしに手渡してくれる。手袋越しでも火傷《やけど》しそうなほどに熱く、湯気とともに甘い香りが漂っていた。わたしは、両手で持って、ふうふうと息を吹きかけてから、一口飲んだ。

苦い。思わず顔をしかめてしまうほどの苦さと一緒に、熱い塊が喉を通り過ぎていく。その熱が心地よく、苦さに我慢しながらも、再びコップに唇をつけた。飲むたびに、お腹から指先まで、じんわりと温まっていく。

わたしは、ほうと息を吐き出して、バーナードに礼をいった。

「ありがとうございます。身体が温まりました」

「そりゃよかった。姫様は寒がりだからな」

「いっておきますが、わたしは『弱っちい』のではありませんよ」

はいはい、と、バーナードにおざなりに聞き流される。

元の場所に座った彼は、自分が淹れた白茶を、まずそうな顔をしながら飲んでいる。

わたしは、なんだか幸せな心地で、ふふっと笑って夜空を眺めた。

空に輝く星々は美しく、暗闇を照らしてくれる。

「ねえ、バーナード。お願いがあるのですが」

「俺は、あんたの願いなら何でも叶えてやりたいけど、どういうわけか、ときどき嫌な予感がするんだよな」

わたしは、ふふふとだけ笑って、彼を見た。

「今は、あなたに頼るしかないとわかっています。でも、いつか、この国が平和になったら……、そのときは、わたしに、あなたの眠りを守らせてください」

「なんだ、それ？　どういう願い事だよ。姫様が子守唄でも歌ってくれるのか？」

「ええ、もちろん。あなたに膝枕をして、子守唄を歌いましょう」

「遠慮しとくわ」

「さては、わたしの歌声に不安を感じていますね？」

「いや問題はそこじゃねえから」

「安心してください。わたしの歌はそれなりに聞けるものであると、密かに自負しています。おそらく下手ではないでしょう。そうだといいなと思います」

「なんでどんどん自信を失ってんの？　あぁ、もう、わかったよ。いつかな。いつか、そのときまで、姫様が覚えてたらな」

「約束ですよ、バーナード」

わたしは弾む口調でいった。

それから、瞼の重さに耐えかねて、一度ぎゅっと目をつぶった。眠気を振り払うように、眉間に力を入れる。だけど、瞼を持ち開けても、開ききれないほどに、いやに眠い。

どうしたのだろう。疲れが出たのだろうか。気が緩んだせいだろうか。

急に、ひどく、ねむい。

「バーナード……、すみません、わたし、天幕へ、もどりますね……」

コップを置いて、立ち上がろうとした。けれど、あまりの眠さに足元がふらついてしまう。転びそうになって、誰かに抱きとめられる。誰かなんて、顔を見なくてもわかる。たとえ、まぶたが、もちあがらなくても……。

とおくで、かれの声が、きこえた気がした。

「やっぱ、優しいとはいわないと思うんだよな。飲み物に薬を混ぜる奴のことはさ」

第3章　王妹殿下は狂犬騎士に膝枕がしたい

午後の執務室に、暖かな陽射しが差し込んでいる。

今日は公務は休みの予定だったけれど、昨日、いつものようにトラブルが起こったので、いつものように対応に追われ続けて、本日の午前中までが終了した。他国からの大使と、我が国の高官が、対立した挙句に衆人環視のある場所で罵り合うという、ため息しか出ない案件だった。どうして人は争ってしまうのでしょうね……とたそがれてみたところで、人間はどれほど身分や地位や権力があろうとも、腹が立つと罵声が飛び出すという事実からは逃れられなかった。

幸い、午後には状況が落ち着いていたので、書類仕事に取り組んで、それから、少し休憩をしようとソファへ移った。

サーシャが、いつも通りの完璧なタイミングで、お茶を運んできてくれる。

けれど、今日は珍しく、いつもの紅茶ではなく、甘い香りの漂う白茶だった。

わたしは、いささか気まずい思いで、ちらりとサーシャを見つめた。わたしの母親代わりともいえる彼女は、一切の感情を表に出さないまま、しかしその瞳だけは咎めるようにわたしを見ていた。

働きすぎだと、いいたいのだろう。まだ日の高い時間帯だというのに、安眠効果で有名な白茶を出してくるのは、そういう含みだ。急ぎの案件は片付いたのだから、書類仕事など後回しにして、後宮に戻って休むべきですよ、という心の声が聞こえてきそうだ。

だけど、わたしとしては、せっかく着替えて執務室まで出てきているのだから、という気分だった。それに、国王陛下であるお兄様に比べたら、王妹のわたしは、それほど働きすぎではないと思う。前に、そういったら、バーナードに「どうして殿下は、何かにつけて最下位争いをしてしまうんですか」とたしなめるようにいわれてしまったけれど。

わたしは、素知らぬ顔でカップを手に取ると、甘い香りを堪能《たんのう》してから、一口含んだ。王宮で用意される白茶は、市販のものほど苦くはない。詳しくは知らないけれど、香草や甘花と混ぜて調合されているそうで、香りと同じようにほのかに甘く、飲みやすい味わいになっている。

わたしは、身体が温まるのを感じながら、ほうと息を吐き出していった。

「白茶を飲むと、思い出しますね。バーナードに薬を盛られたときのことを」

護衛として扉の前に立っているライアンが、耳を疑うような顔をして、まじまじと、彼の直属の上司を見上げた。

同じく扉の前に立っている近衛隊隊長は、しれっとした顔でいった。

「身に覚えがありませんね」

「ふふふ、わたしは一生忘れません。あなたに騙された夜のことを」

あの後、目が覚めたら朝だった。

わたしはバーナードを問い詰めたけれど、彼はのらりくらりとかわすだけで、白茶に眠り薬を混ぜたことを認めなかった。あの突然の睡魔はどう考えてもおかしいし、なにより、わたしは彼の独白を聞いているというのに。

わたしは怒りを込めて、どれほど親しい間柄でも飲み物に薬を混ぜてはいけない、それは信頼関係を粉々に打ち砕く行いだと伝えた。しかし、バーナードは平然とした顔で、「俺はやってないけど、もしやるとしたら、そのときは、姫様の信頼をなくして、この首を落とすだけの腹は決まってるだろうな。それでも姫様を休ませることを選んだんだろ。まあ、やってないけど」というばかりだった。


わたしは、これ見よがしに、物憂げなため息をついてみせた。

「あなたのことを信じていたのに、バーナード……」

「なにやってんスか、隊長!?」

ライアンが、たまりかねたように叫んだ。

「犯罪っスよ!?　えっ、犯罪っスよね!?　なんで平然とした顔をしてんスか!?　むしろなんで首が繋がってんスか!?　王妹殿下に薬を盛るって、普通に極刑でしょ!?　さては処刑人の首を飛ばしたんスね!?」

「うるさいぞ、ライアン。濡れ衣だといっているだろう。何の証拠もない話だ」

「その言い方がすでに犯人!!」

まったくだ。ライアンの指摘に、わたしは深く頷いた。

しかし、バーナードは、片眉をひょいとあげて、余裕綽々《しゃくしゃく》の態度でいった。

「何か有罪を示せる根拠はお持ちですか、殿下？　何の証拠もないのでは、部下を冤罪で告発しているも同然ですよ。聡明なるアメリア殿下が、まさか、そのような真似をされるとは思いませんがね」

「ふっ、ふふふふふ、わたしは確かに聞いたのですよ、あなたの自白を……！」

「眠くて意識が朦朧《もうろう》としていたんでしょう。夢見心地で、ありもしない声を聞いてしまったのではありませんか」

わたしはぎっと彼を睨みつける。

バーナードは、いっそ冷ややかにわたしを見下ろしてきた。

くうと、わたしがこぶしを握り締めたとき、サーシャが淡々といった。

「スペンサー、頼みたい仕事があります。一緒に来てください」

ライアンが戸惑った顔で、サーシャとバーナード、それからわたしを見た。

スペンサーというのはライアンの姓だ。

バーナードが、追い払うように、軽く手を振った。

「サーシャ殿のいう通りにしろ、ライアン」

二人が退室すると、執務室には、わたしとバーナードだけが残される。

わたしは、ぽんぽんと、勢いよくソファを叩いた。

「隣に座ってください、バーナード」

「お気遣いなく。それよりも、冷める前に白茶をどうぞ。飲み終えたら、後宮までお供しましょう。本来は今日は休日のはずですからね。どうかゆっくりとお休みください」

「二人きりなのですよ、バーナード。サーシャがわざわざ二人きりにしてくれたのです。これは、わたしたちが、婚約者らしい時間を持てるようにという、サーシャの心配りに違いありません」

「間違っているほうに俺の首を賭けてもいいです。あのご婦人が俺に期待しているのは、無理やりにでも、殿下に休みを取らせることでしょうよ」

わたしは、じいっとこげ茶色の瞳を見上げた。

彼は冷たくわたしを見返している。

昔よりも手ごわくなったと、その冷静な眼差しを見て思う。ともに冬山を登った頃よりも、落ち着きが増し、口調は改まり、大人の男性になった。わたしが無茶な頼みごとを口にしても、ぎょっとした顔でうろたえるのではなく、眉間に深いしわ一つ刻んで済まされることが多くなった。手ごわくなったのだ。

だけど、年月とは誰の下にも平等に訪れるもの。

そう、つまり、わたしだって成長しているのだ。

わたしは、無邪気を装った瞳で、誘うような甘い声で、彼に呼びかけた。

「バーナード」

「はい、殿下」

「もう、わたしを、甘やかしてはくれないのですか？」

鍛え上げられた長身が、一瞬、よろめいた。

わたしは、わざとらしいほど悲しげな声を出した。

「王女だった頃は、わたしが頑なに拒んでも、手を変え品を変えて、わたしを甘やかしてくれたのに。王妹となったら、この仕打ちなのですか。わたしの心は変わらずにあなたのものだというのに、あなたはもう、わたしの隣に座ってくれないのですね……」

バーナードが、片手で顔を覆って、呻くような声を上げる。その指の隙間から、ぎろりと睨みつけてくる瞳は、近衛隊の新人なら気絶してしまいそうなほどの迫力があった。

「まあ、こわい」と、わたしはいささか棒読みで告げる。

彼は、顔を引きつらせると、荒っぽい足音を立てて、わたしの傍へ来た。ソファに、人が二人は座れるだろう間隔を空けて、どすりと座る。

バーナードは、厚みのあるソファの背もたれの上に左腕を置くと、上半身ごとわたしへ向き直っていった。

「ご満足いただけましたか、殿下？」

「足りませんね。もっと近くに来てほしいです」

「これが限界です」

「人が二人も座れそうなほどの空間があるではありませんか。いいでしょう、あなたに照れがあるというなら、わたしから参りましょう」

「勝手な解釈をするのはやめてください。おい、よせ、俺の話を聞いていますか、殿下！」

バーナードの抵抗を無視して、わたしはソファの上の空白を埋めた。

そして、ほんの少しだけ後悔した。

バーナードが、とても近い。

決して、密着しているわけではなく、標準的な隙間は空けたうえで隣に座っているのだけど、それがかえって、妙にどきどきしてしまう。

これまでに、慰めの意図をもって抱きしめられたことも、窮地を切り抜けるために肩に担がれたこともあるというのに。

婚約者になってからのわたしときたら、些細《ささい》なことでも、変に意識してしまっている。

だけど、いやなわけじゃない。どきどきして、ふわふわして、落ち着かないだけだ。もっと近づきたい気持ちもあって、彼が傍にいてくれないと寂しくなってしまう。わたしの中の、理性的な部分が、嘆息して告げる。――――これは重傷だ、と。

わたしは、動揺を隠すように、微笑んでバーナードを見上げた。

バーナードは、少し困ったような、それでいて優しい顔をして、わたしを見ていた。

近くにあるこげ茶色の瞳に、また、わたしの熱が上がってしまう。

「あ、あの……、その、ですね」

「はい」

「その……」

自分から近づいておきながら、窮地に陥った気がする。頬だけがいやに熱い。

うつむいてしまってから、また、ちらりちらりと、バーナードを見上げる。すると、今度は彼は楽しげに、からかいの色を浮かべてわたしを見ていた。だからいったでしょうと、声に出されなくても聞こえてくる。

わたしは、むっとして反撃の言葉を探した。そしてふと思い出した。

「そっ、そうです、あのときの約束を果たしましょう。今度はわたしが、あなたの眠りを守る番です」

「忘れてくれてよかったのに。……結構です。俺は、これっぽっちも眠くありませんので」

「大丈夫ですよ。身体を横たえていたら、そのうち、自然と眠気もやってくるでしょう」

バーナードが、途端に危険を察したように、身体を引いた。

彼のその逃げ腰な様子に、わたしは調子づいて、自分の太ももをぱしぱしと叩いた。

「膝枕です！」

「俺はしがない近衛騎士の身ですのでそのような不敬な真似はできません」

バーナードが早口にいう。

その焦りを感じる態度に、わたしはますます調子に乗った。

「婚約者同士の戯れですよ。誰が咎めるというのでしょう。さあ、さあ、ここに来るのです」

「いいですか、殿下。俺はあなたを守るためにいるのであって、あなたの足に重い物を載せるためではありません」

「重いかどうかは、あなたがここに頭を載せてくださらないと、判断できないでしょう」

「人間の頭なんてものは重いんですよ。試さなくてもわかります。まったく……、殿下がどうしても約束を果たしたいなら、子守唄だけにしましょう。それなら今、この座った体勢のままで、聞かせていただきますから。歌い終わったら休んでくださいね」

わたしは思わず目を泳がせた。

「いえ……、歌はちょっと……。それはもう少し関係が深まってから……」

「歌のほうが難易度が高かったんですか？」

嘘だろと呟くバーナードに、わたしは再度、膝枕の用意ができていることをアピールした。

「まずはわたしの足を枕にするところから始めましょう。恋人は膝枕をするものです。そう聞きました」

「またろくでもない侍女の噂話ですか？　俺は殿下に重い物を持たせたくありませんし、当然、足に載せたくもありません」

「わたしはあなたの枕になりたいのです」

バーナードが、何かに耐えるように、眉間に深くしわを寄せる。

わたしは、少しばかり拗《す》ねた気持ちになっていった。

「それとも、わたしの太ももでは、枕として不満があるのですか？　あなたには、もっと理想の体型があると……？」

「そんなわけないでしょうが。……いいですか、殿下。思い出していただくために、改めていっておきますがね。殿下もご承知の通り、俺は世界一危険な男なんですよ」

「そのような情報は初耳ですが……？」

「どうして困惑と戸惑いに満ちた顔になるんです」

「だって、ふふっ、あなたが世界一危険な男性？　何があってもわたしを守ってくれるあなたが？

残念ながら、無理がありますよ、バーナード。いえ、もちろん、そういった一種の野蛮さに憧れる男心というものは、わたしも理解していますけれどね」

「何もわかっていないですよね、殿下は。俺はただ、あなたに、俺の理性の上で、油壺《あぶらつぼ》を抱えて松明《たいまつ》を振り回さないでほしいだけなんだがな……」

バーナードが遠い眼をしていう。

どうにも、このままでは、埒が明かなそうだ。わたしは思い切って、実力行使に出ることにした。

隙を見計らって、両手で、バーナードの左腕を摑んで引っ張る。

彼がわずかでも体勢を崩してくれたら儲《もう》けもの。そう思っていたら、予想外なほど、バーナードの身体が倒れ込んできた。とはいえ、ここで、『わたしにこんな力が……!?』と驚くことができるほど、わたしも彼との付き合いは浅くない。

基本的に、バーナードは、彼自身が動く気にならなければ、わたしが飛びつこうと体当たりしようと、微動だにしない人だ。大樹だって、わたしが全体重をかけて押したらもう少し揺れるだろうと思うくらいだ。バーナードは鋼のように、びくともしない。

そんな人なので、大きく動いてくれたということは、ついに膝枕ですね……！　と、わたしは勝利のこぶしを握った。実際、バーナードは身体を横たえており、彼の黒髪は、わたしの太ももの上にあった。

けれど、なんということだろう。

わたしは、衝撃とともにこぶしを下げた。

「まったく重みを感じないのですが……!?」

「世の中にはそういう人体も存在します」

「堂々と嘘をつくのはやめてください」

わたしの足に、バーナードの重みがまったく感じられない。上から見るのではよくわからないけれど、おそらく彼は、足の上のぎりぎりのところで留まっているのだ。つまり今、バーナードを支えているのは、わたしの太ももではなく、彼の鍛え上げられた体幹である。すごい。すごいけれど、望んでない。

「膝を枕にしなくては膝枕とは呼べないでしょう!?　これではただ、膝の上に頭があるだけです！」

「世の中ではそれを膝枕と呼ぶんですよ、殿下」

「こんないちゃいちゃのかけらもない行いを膝枕とは呼びません！　あえて呼ぶのならこれは、体幹を鍛えるための訓練ではありませんか……!?」

「そろそろ終了していいですか？」

「ダメです!!」

わたしは、なりふり構わず、ぐいぐいとバーナードの肩を押した。彼のこの空気枕《エアまくら》とでもいうべき体勢を崩させて、わたしの足の上に体重を乗せるようにと、膝枕実現のために必死に押した。けれど、わかっていたことではあるけれど、バーナードは、彼がその気にならなくては、わたしがいくら押したところで動かないのだ。

わたしは、冷静さを取り戻そうと、深呼吸をした。

約束を果たしつつ、一般的ないちゃいちゃをしたいという欲望に塗れていただけなのに、どうして空気枕《エアまくら》になっているのだろう。なんというひどい仕打ちだ。これはどうあっても膝枕を実現しなくては許せない。

わたしは、じっと、バーナードの横顔を見下ろすと、邪悪に微笑んで、そっと彼の髪に触れた。癖のない黒髪は、見かけからの予想よりも固い。わたしは彼の髪を、指先で梳《す》いて、それから両手を髪の中へ潜らせる。完璧なマッサージの態勢だ。わたしがやわやわと揉《も》み始めると、途端に抗議の声が上がった。

「どこの世界に護衛騎士の頭を揉む姫君がいるんですか、殿下」

「ここにいます。ここはわたしの執務室ですから、わたしが行うことは許されるのです」

「なんでこういうときだけ王妹殿下の威光を振りかざしてくるんです？」

「ふふっ、そんなに硬くならなくてもいいのですよ。さあ、さあ、全身の力を抜いて、わたしに身を委ねるのです」

「変な迫り方をするんじゃない。というか、くすぐったいからやめてください」

「ふふふ、感じているのですね、心地よさを……！」

「居心地の悪さしかないですからね!?」

バーナードが、ぐるぐると猛獣のように唸る。

わたしは邪悪な笑みを浮かべたまま、彼の耳から首筋まで指を滑らせた。彼がびくりと身体を震わせて、息を詰める。わたしは最高潮に調子に乗って、とても幸せな心地で囁いた。

「愛しています、バーナード。あなたが傍にいてくれて、わたしはとても嬉しいのです。あの頃も、今も、変わらずに」

その先に、なんと続けようとしていたのか、わたし自身にもわからない。

なぜなら、一呼吸よりも短い、ほんの一瞬で、わたしはソファに背中から沈んでいたからだ。

状況が理解できずに、ぱちりぱちりと瞬く。

どういうわけか、わたしは背中でソファの柔らかさを感じていた。ソファの上に、仰向けに寝そべっている。おかしい。さっきまで座っていたはずなのに、どうしてバーナード越しに、天井の照明が見えるのだろう。

「殿下」

バーナードが、照明に向いていたわたしの意識を奪い取るように、覆い被さってくる。重みはない。威圧的でもない。ただ、照明は彼に遮られて、わたしの視界に入るのは、彼の薄い笑みだけだった。

「バーナード……？」

いつの間に体勢を入れ替えたのですか、だとか。さすがは目にも留まらない早業ですね、だとか。

そんなことを頭の片隅で考えたけれど、口に出すことはなく消えていった。

わたしの意識の大半は、上からゆっくりと近づいてくる、バーナードの瞳に奪われていた。

こげ茶色の瞳は、いつも通り、優しかった。甘やかでもあった。けれど、ぞくりと震えてしまうほどに、獰猛《どうもう》な輝きも帯びていた。その唇に浮かぶ微笑みは、歪《いびつ》な三日月のように歪んでいる。

あぁ、と、わたしは胸の内で呻いた。わたしは初めて、捕食される側の気持ちというものを味わっていた。彼は圧倒的に強者であって、わたしは無力な獲物にすぎなかった。そこに恐怖はなかった。ただ、魅入られたように動けなかった。

バーナードは、何かに耐えるように、ふっと息を零した。

それから彼は、鼻先が触れ合うほど近くまで来て、甘く、それでいて冷ややかに囁いた。

「俺の殿下。俺のアメリア様。……あなたはご存じないんでしょうね。そう呼べることに、俺がどれほどの喜びを感じているか。あなたはこの国の王妹殿下で、国王の右腕だ。あなたを支持する者も、あなたを慕う者も、大勢いる。あなたは俺が独占できるような方じゃない。……だが、あなたは俺のものだ。少なくとも、今は。あなたの愛がある限りは。あなたは、俺のものだ」

「えっ、ええ……」

言葉がうまく出てこない。バーナードが近すぎるせいだ。それに、頬だけでなく、全身が熱を持ってしまって、頭が回らないせいだ。せめて視線だけでも逃がそうとしても、彼の強い瞳が、それを許してくれない。

「愛していますよ、アメリア様」

「あっ、あのっ、バーナード、嬉しいのです、が、その、ちか、近く、ないでしょうか……っ」

「恋人なら、当然の距離でしょう？　そうだ、約束を果たしてくださるんですよね。どうか歌ってくださぃ、殿下。この美しい唇で、小鳥のように鳴いてくれ。俺のために」

囁きはまるで、口づけのようだった。

わたしの全身が、ぞくりと、寒さではないもののために震えた。

バーナードは、にいっと頬を上げて獰猛に笑うと、その硬い指先で、そっとわたしの唇を撫でた。

「それとも、俺が歌わせて差し上げましょうか、姫様？　この愛らしい唇が、一度も奏でたことのない音色を、教えてあげましょうか。俺の殿下。俺のアメリア様。――ああ、あなたの知らないことを、たくさん教えてやりたい」

硬い指先が、つうっと、わたしの唇をなぞる。

わたしは、もう、限界だった。

いろいろと、限界だった。

心臓はばくばくと早鐘を打って止まらない。頬どころか、身体中が真っ赤に染まっている気がする。熱に溶かされた思考はちっとも動いてくれなくて、彼の言葉の含みを冷静に考える余裕もない。

暖炉の傍に置かれた雪のように、全身が溶けていっているようだ。

わたしはただ、ぎゅっと目をつむった。

おそらく、これは、キスをするタイミングなのだろうと思った。よくわからないけれど、なんとなく、そういう含みがあるんじゃないかと思った。人生で二回目のキスだ。少しばかり全身に力が入ってしまうのは仕方ないだろう。バーナードが悪いのだ、おそらくは。

――だって、いつもとちがう雰囲気を出すんだもの。どうしたらいいの。初めてのときよりも余裕がないなんて、そんなのおかしいでしょう。

だけど、とにかくわたしは、大丈夫ですよ、受け入れる準備は万端ですよ、ということを示すために、強く目を閉じた。

けれど、降りてきたのは、柔らかな感触ではなく、ため息混じりの声だった。

「……冗談ですよ」

すっと温もりが離れていく。

わたしがそうっと目を開けると、バーナードはすでに立ち上がって、扉のほうへすたすたと歩いていた。

わたしは唖然《あぜん》とした。

――どういうことなのでしょう。わたしは決死の思いだったというのに。捨て置かれるとは、なんという理不尽。

わたしは身体を起こし、乱れた髪を整えてから、少しばかり眉を吊り上げて、恋人の名前を呼んだ。

「バーナード？」

わたしの恋人であるはずの彼は、護衛としての定位置である扉の前に立ってから、嘆息してこちらを見た。

「あのな、姫様。怯えるあんたに手を出すほど、俺も理性を失ってない。いや、頻繁に死んではいるけどな。復活しているから大丈夫だ」

「怯えてなどいません。今のは、ただ、少し……、びっくりしていただけです！」

「ケダモノの前で震える子ウサギみたいだったくせに、よくいう」

「本当です。確かに、捕食される気分といいますか、あなたに頭からむしゃむしゃと食べられるのではないかと思いましたが」

「それを怯えているというんですよ、殿下」

「ですが、わたしは、食べられてもいいと思っていました！　いえ、あなたになら、食べられたいと！」

バーナードは、なぜか、片手で顔を覆った。

そして、ぶつぶつと呟き始めた。

「平常心、平常心、姫様はただの箱入り、……ああくそ、箱を引きちぎってやりてえ……、いや俺はそんな真似はしない、あなたを傷つけるような真似は……っ、死ぬな理性、お前だけが頼りだ……！」

「バーナード、わたしにもう一度チャンスをください。今度は驚かず、うろたえず、どーんとあなたを受け止めてみせましょう！」

「……執務室から出て行っていいか？　あんたの安全のために」

「そういわずに、もう一度だけ！　もう一度だけ来てください！」

「やめろ頼む寝そべるな、このままだと俺の理性が灰から復活しない、後悔するのはあんただぞ姫様、何だこのご馳走《ちそう》、据え膳かよ、ちくしょうどういう種類の拷問だ」

わたしはソファの上に寝転がってみせたけれど、バーナードは、扉の前に立ったまま動いてくれなかった。

渋々と身体を起こすと、彼は、珍しく、疲れた顔をしていった。

「これで約束は果たされましたので、二度とやらないでください」

「まだ膝枕も子守唄もしていませんが」

「殿下」

「はい」

「俺の職務は、あなたをお守りすることです」

「そうですね」

「あなたの身体に危害を加えようとする者については、俺の判断で動いてよいとの許しも得ています」

「ええ」

「つまりあなたがこれ以上無駄な抵抗をするなら、俺は俺の首を飛ばさなくてはいけません」

「何をどうしたらその結論に至るのですか？」

脈絡がないにもほどがあるだろう。わたしは深く首を傾げたけれど、バーナードは、微塵《みじん》も揺らがずに続けた。

「俺の命を惜しんでくれますか？」

「当たり前です」

「では、さっさと白茶を飲んで休んでください。申し訳ありませんが、殿下。この件については、俺も譲れません。俺を想ってくれるなら、俺があなたを案じていることも受け入れてください」

「……そういう言い方は、ずるいのではありませんか？」

わたしは少しばかり唇を尖らせた。

けれど、わたしの恋人は、ハッと嘲笑うように息を吐き出していった。

「殿下の卑怯な揺さぶりに比べたらマシです。ほら、さっさと飲んで、私室で昼寝でもしてください。まあ、白茶じゃ、しょせんただのお茶ですから、安眠効果は薄いでしょうが、それでも横になっていたら、少しは身体が休まるでしょう」

わたしは、まじまじとバーナードを見上げた。


――冬山に登って、たき火を囲んだあの夜。まだ少年の面差しが残っていた彼に、白茶を淹れてもらった。エーメの実だと思った紙包みの粉末が、実際には眠り薬だったのだろうとは、後から見当がついていた。だから、彼が「やっぱり、薄いかな」と呟いたことも、薬だということを誤魔化すための嘘だったのだろうと解釈していた。

だけど、今にして思う。もしかして、あれは。

「あなたが、あの夜に、『薄いかな』と呟いていたのは『わたしを眠らせる効果が薄いかな』という意味だったのですか……!?」

数年経って発覚した真実に、愕然とする。

けれど、バーナードは、気にしたそぶりもなく、ひょいと片眉を上げて笑った。

「その件は何の証拠もない話ですし、濡れ衣ですが……。そうですね、もしも俺が、殿下に一服盛るかどうか悩んでいたとしたら、そのような意味にもなるかもしれませんね。まあ、仮定の話ですが」

わたしは、ぶるぶると震えて、怒りとともに断言した。

「絶対に、犯人はあなたです―――!」

あとがき

こんにちは、五月ゆきです。

初めましての方も、ウェブからお付き合いくださっている方も、こちらの本を手に取ってくださってありがとうございます。

少しでも楽しんでいただけたら、とても嬉しいです。


さて、初めましての方向けに、少々説明させていただきますと、この本は、『小説家になろう』にアップしていた本編と番外編に、書き下ろしを加えたものになります。

書籍用の書き下ろしが、最後の『王女は北を目指す』です。

本編・番外編と、ずっと王妹時代で話が進んでいたのに、突然王女時代が始まって困惑された方もいらっしゃるのではないかと思うのですが、書籍化が決まり、書き下ろしをどういう話にしようか考えたときに、せっかくだから王女時代を書きたいな……と思ったために、ここだけ時間軸が遡る構成になっています。

今回、書籍化のお話しをいただいたときは、とても驚きましたし興奮しました……！（笑）
人生で初めての書籍化です。こうして、書籍用のあとがきを書くのも、人生で初めてです。あとがきに何を書いていいのかわからない、なんて、そんな読者側として見かけるような文章を、自分が書ける日が来るとは思いませんでした。
人生、何があるかわかりませんね……！

最後に、この本の制作に関わってくださった皆様方に、心からお礼を申し上げます。

書籍化のお声がけをくださった担当様。担当様のおかげでこの小説が本になることができました。いつも優しく褒めてくださって、書き下ろし分の執筆中は、担当様からの褒め言葉を読み返しては、必死でやる気を出していました。ありがとうございます。

イラストを担当してくださった新井テル子先生。素晴らしく華やかで美しいイラストを描いてくださって、本当にありがとうございます。特に表紙の、至近距離でアメリアをガン見しているバーナードが、バーナードらしくて最高に好きです。照れているアメリアも最高に可愛いです。

また、『小説家になろう』で連載していた頃から応援してくださった読者の方々、皆様のおかげで書籍化できることになりました。応援してくださって、本当にありがとうございます。

こちらの本を、少しでも楽しんでいただけたら幸いです。

発売 祝 おめでとうございます!!
たくさんエモみあるシーンを
描かせていただけて楽しかったです!

バーナードこんな顔しない
選手権
…という
惜しいカットたち
こんな表情ホイホイ見せてくれるなんて…!!
…。

乙女ゲームの悪役令嬢に転生したルチアーナ。「生まれ変わったら、モテモテの人生がいいなぁ」なんて妄想していたけれど…。決めた! 断罪イベントを避けるため、恋愛攻略対象は全員回避で、今世もおとなしく過ごします! なのに、待って。どうしてみんな寄ってくるの? おまけに私が世界で一人だけの『世界樹《ユグドラシル》の魔法使い』!? いえいえ、私は絶対にそんな貴重な存在ではありませんから! もちろん溺愛ルートなんてのも、ありませんからね——!?

いつの間にやら溺愛不可避!?

大好評発売中♡

シリーズ続々重版!

SQ EX ノベル

「悪役令嬢は溺愛ルートに入りました!? ①～⑤」

著◆十夜　イラスト◆宵 マチ

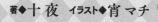

大人のエンタメ、ど真ん中！
SQEXノベル
SQEXノベル 毎月7日発売
片田舎のおっさん、剣聖になる
～ただの田舎の剣術師範だったのに、大成した弟子たちが俺を放ってくれない件～
著者：佐賀崎しげる
イラスト：鍋島テツヒロ
万能「村づくり」チートでお手軽スローライフ
～村ですが何か？～
著者：九頭七尾
イラスト：セ川ヤスタカ
私、能力は平均値でって言ったよね！
著者：FUNA イラスト：亜方逸樹
悪役令嬢は溺愛ルートに入りました!?
著者：十夜 イラスト：宵マチ
逃がした魚は大きかったが釣りあげた魚が大きすぎた件
著者：ももよ万葉
イラスト：三登いつき
●誤解された『身代わりの魔女』は、国王から最初の恋と最後の恋を捧げられる
●転生したら最強種たちが住まう島でした。この島でスローライフを楽しみます
●あなたのお城の小人さん ～御飯下さい、働きますっ～ 他

●「攻略本」を駆使する最強の魔法使い ～＜命令させろ＞とは言わせない俺流魔王討伐最善ルート～ ●おっさん冒険者ケインの善行 ●魔王学院の不適合者 ～史上最強の魔王の始祖、転生して子孫たちの学校へ通う～
●二度転生した少年はSランク冒険者として平穏に過ごす ～前世が賢者で英雄だったボクは来世では地味に生きる～ ●異世界賢者の転生無双 ～ゲームの知識で異世界最強～
●冒険者ライセンスを剥奪されたおっさんだけど、愛娘ができたのでのんびり人生を謳歌する ●落第賢者の学院無双 ～二度目の転生、Sランクチート魔術師冒険録～ 他

©Roy ©Saekisan/SB Creative Corp. ©Shinkoshoto/SB Creative Corp.
©Suzu Miyama ©Ezogingitune/SB Creative Corp.

GC JOKER
毎月22日発売
賭ケグルイ
原作：河本ほむら
作画：尚村透
最近雇った
メイドが怪しい
昆布わかめ
賭ケグルイ双《ツイン》
原作：河本ほむら
作画：斎木桂
ラグナクリムゾン
小林大樹
恋愛自壊人形
恋するサーティン
鍵空とみやき
ヴァニタスの手記《カルテ》
望月 淳
履いてください、
鷹峰さん
柊裕一
事情を知らない
転校生がグイグイくる。
川村拓
好きな子が
めがねを忘れた
藤近小梅
月刊 GANGAN ガンガンジョーカー
JOKER
毎月22日
発売
●ジャヒー様はくじけない！ ●怪人麗嬢 ●勇者パーティーの荷物持ち ●嘘の子供
●ダンジョンに出会いを求めるのは間違っているだろうか 外伝 ソード・オラトリア ●ブラトデア
●ポラリスは消えない ●龍とカメレオン 他

G FANTASY GFC COMICS
毎月27日発売
地縛少年 花子くん
あいだいろ
黒執事
枢やな
四百四鬼
もち
東京
エイリアンズ
NAOE
アラフォー男の
異世界通販生活
原作：朝倉一二三 漫画：うみハル
(ツギクルブックス)
キャラクターデザイン：やまかわ
DISNEY TWISTED-WONDERLAND
THE COMIC EPISODE of HEARTSLABYUL
原案：枢やな 構成：葉月わかな
作画：コヲノスミレ
©Disney
妖怪学校の先生
はじめました！
田中まい
木曜
更新
毎月18日
発売
月刊Gファンタジー
GFantasy
●メイデーア転生物語 この世界で一番悪い魔女
●魔法科高校の劣等生 ●竜の花嫁お断り
●ミルクチョコレート ●美しいばけもの 他
pixiv×Gファンタジー
●妖怪学校の生徒はじめました！
●放課後少年 花子くん 他
https://comic.pixiv.net/magazines/226
©Hifumi Asakura/Tugikuru Corp.

SQEX ノベル

縁談が来ない王妹は、狂犬騎士との結婚を命じられる

著者
五月ゆき

イラストレーター
新井テル子

©2023 Yuki Satsuki
©2023 Teruko Arai

2023年6月7日　初版発行

発行人
松浦克義

発行所
株式会社スクウェア・エニックス
〒160-8430
東京都新宿区新宿6-27-30　新宿イーストサイドスクエア
（お問い合わせ）スクウェア・エニックス　サポートセンター
https://sqex.to/PUB

印刷所
中央精版印刷株式会社

担当編集
長塚宏子

装幀
小沼早苗（Gibbon）

この作品はフィクションです。
実在の人物・団体・事件などには、いっさい関係ありません。

○本書の内容の一部あるいは全部を、著作権者、出版権者などの許諾なく、転載、複写、複製、公衆送信（放送、有線放送、インターネットへのアップロード）、翻訳、翻案など行うことは、著作権法上の例外を除き、法律で禁じられています。これらの行為を行った場合、法律により刑事罰が科せられる可能性があります。また、個人、家庭内又はそれらに準ずる範囲での使用目的であっても、本書を代行業者などの第三者に依頼して、スキャン、デジタル化など複製する行為は著作権法で禁じられています。
○乱丁・落丁本はお取り替え致します。大変お手数ですが、購入された書店名と不具合箇所を明記して小社出版業務部宛にお送り下さい。送料は小社負担でお取り替え致します。但し、古書店でご購入されたものについてはお取り替えに応じかねます。
○定価は表紙カバーに表示してあります。

ISBN978-4-7575-8563-8 C0093　Printed in Japan